Ricarda Jo. Eidmann · Decus und die Offenbarung

**ISBN 978-3-940608-01-7**

© copyright 2007 by Rubin Verlag, Frankfurt/Main
Bilder: Dean Manthey
Umschlag: Dean Manthey und S&F Burhenne
Alle Rechte vorbehalten
Printed in Germany

Ricarda Jo. Eidmann

**Decus
und die Offenbarung**

Dieses Buch ist all jenen gewidmet,
für die Leben Erkenntnisgewinn bedeutet.

Ich war immer auf der Suche eines Weges,
einer Andeutung eines Pfades.
Als ich dich fand, dachte ich, ich sei angelangt,
aber er hat erst begonnen...

Prolog

Ich roch den trocknen Staub unter meinem Gesicht, spürte die Hitze der Sonne auf meinem geschundenen Körper.
Meine Haut brannte, als sei sie in Striemen geschnitten. Ich schaffte es nicht mich aufzuraffen. Mein Körper war kraftlos und leer. Prachtvoll stand er in seiner Rüstung vor mir, die in der Sonne leuchtete. Das rote Büschel stand aufrecht auf seinem Helm. Mein Leinengewand hing nur noch in Fetzen an mir.

»Reicht es dir?« Er zog meinen Kopf nach oben und ich fühlte wieder einen Peitschenhieb auf meinem Rücken. Ganz dicht brachte er sein Gesicht vor meines, schaute mir in die Augen. Ich spuckte ihn an, als letzter Aufschrei meines Ichs. »Niemals.«, keuchte ich. Er zog mich nach oben und ließ mich dann mit aller Wucht nach unten fallen. Alles tat mir weh. Ich spürte, wie er mit seinem harten Stiefel gegen meinen Magen treten wollte. Kraftlos musste ich mich ihm ergeben. War nur noch eine willenlose Hülle, die verloren hatte. Aber ich würde nichts sagen, sollte er mich doch zu Tode prügeln, auf keinen Fall würde ich ihm die Antwort auf seine Fragen geben. Ein Verrat an mir, sei es drum: ein Verrat an ihm, niemals.
Der Sand brannte auf meiner Haut, wie Schmirgelpapier rieb er meinen Körper auf. Ich wimmerte langsam vor mich hin, wollte nicht mehr, sollte dies alles nur zu Ende sein. Ich atmete schwer und laut, bekam kaum noch Luft. Mein ganzer Körper stand in Flammen, als würde ich bei lebendigem Leib verbrannt. Ich spürte weder Raum noch Zeit, alles um mich herum hatte seine Kontur verloren, alles schien ganz weit weg. Weit und unerreichbar. Und

alles wurde erstickt von dem Schmerz, der in mir war und meinen Körper drangsalierte. Ich spürte, jetzt kommt das Ende, jetzt ist es aus.

Der Sieger kehrt als Verlierer
vom Schlachtfeld zurück.
Die Saat ist weg geweht
zum anderen Ufer und fängt
dort zu keimen an.
Was nah war ist nun fern
was fern zu nah.
Eis bleibt kein Eis
wenn es geschmolzen ist.
Der Schnee fiel als die
Sonne erwartet wurde.
Es ist dunkel und der
Stern, der für uns leuchtet,
strahlt nun für jeden von
uns allein.
Einsamkeit ist für den Kälte,
der einsam mit sich ist;
für den anderen ist es die Wärme,
die er mit dem anderen nicht spürt.

Das Pausenzeichen der neuen Schule unterbrach jäh die Diskussion, die die Schüler im Rahmen des Deutschunterrichts führten.
Sehr viel hatte sie nicht gebracht; eigentlich nur ein Wiedergeben von festgefahrenen Meinungen, die einige Schüler hatten, während sich der Rest der Schüler, die noch nicht befähigt waren eine eigene Meinung zu bilden, langweilte oder sich der ein oder andere mit seinem Nachbarn unterhielt.
Um sich vom Kreise der Desinteressierten und Unwissenden loszueisen, ging Adrian zu seinem Freund Michael.
Es war ein heißer Sommertag und so begaben sie sich auf die Wiese zwischen den beiden Schulgebäuden, wo sie des Öfteren verweilten, um

Schüler zu beobachten. Für Adrian, der sich sonst hauptsächlich mit Philosophie beschäftigte, schien diese Humankunde eine wertvolle Ergänzung zu sein. Unweit von ihnen saß eine Gruppe von Schülern, die sich sehr angeregt unterhielten. Seine Blicke auf der Gruppe ruhend, bemerkte er zwei Mädchen, die von den anderen abstachen. Die eine wegen ihrer für die Schule unpassenden, zu feinen und extravaganten Kleidungsweise, die andere wegen der Schönheit ihrer Haare.

Von Adrian animiert folgte Michael den Blicken seines Freundes. Michael sah die beiden Mädchen und fühlte sich von ihnen ebenso angezogen wie es Adrian augenscheinlich war.

Michael erinnerte sich wie Adrian ihm gleich am ersten Tag aufgefallen war. Die neuen Schüler trafen sich in der Aula der Schule, um in Klassen eingeteilt zu werden. Michael hatte sich neben Adrian gesetzt, um dessen Freundschaft zu suchen, denn er fühlte sich stets zu Menschen hingezogen, die anders waren als andere, oder die anders zu sein schienen. An Adrian fiel ihm zuerst die ungewöhnliche Art sich zu kleiden auf. Und wahrlich, er war stets darauf aus anders zu sein, unverwechselbar zu sein.

Auch bewunderte er Adrians Schönheit, die ihm von Anfang an einzigartig erschien, dessen schlanke Gestalt noch durch die Kleidung unterstrichen wurde und sein Gesicht, welchem die dunklen kurz geschnittenen Haare, etwas Unschuldiges gaben, aus dem vom Lesen gerötete Augen entgegenblickten, die so undurchdringbar waren, dass man unbewusst aufgefordert wurde darin zu versinken.

Auch die beiden Mädchen, die dort auf der Wiese saßen, hatten eine gewisse Einzigartigkeit. Und es hatte den Anschein, als ob sie nicht nur eine tiefe

platonische Freundschaft verband, denn die Jüngere von beiden beugte sich des Öfteren über das andere Mädchen, um diese zu küssen.
Adrian schien von der Geste der Jüngeren ebenso entzückt wie Michael, denn über sein Gesicht zog ein Schmunzeln.
Plötzlich empfand Michael das unerklärbare Verlangen, welches er schon manchmal in Gegenwart von anderen, von ihm bewunderten Männern, hatte, Adrian zu küssen.
Noch nie war ihm wie in diesem Augenblick bewusst geworden, wie sehr er doch seinen Freund, der ihm eigentlich ferner war als er dachte, bewunderte, ja vielleicht insgeheim begehrte. Ihm war auf einmal klar, dass er gerne Adrians Gedanken teilen, an seinem Leben, seinen Gefühlen, seinem Erleben teilhaben wollte. Michael empfand sich selbst als klein und unwichtig neben Adrian, der so viel ausstrahlte und doch wiederum nichts von sich preisgab.
Die Pause war zu Ende. Michael war dankbar dafür, denn er konnte es nicht mehr ertragen, neben Adrian sitzen zu müssen, ohne dessen Hand, die neben der seinen lag, nehmen und liebkosen zu dürfen.
Er stand auf und ging, ohne auf seinen Freund zu warten, in das Schulgebäude zurück.

Da auch die darauf folgenden Tage sehr warm waren, verbrachten die beiden Jungen die Pausen regelmäßig auf der Wiese. Ebenso wie die Mädchen wählten sie den angenehmsten Platz der Schule.
Die beiden hatten inzwischen Adrian entdeckt und besonders die auffallend gekleidete, Jüngere von beiden, Amanda, fand großen Gefallen an ihm.
Ihre Freundin Amelie saß schon immer etwas früher als sie auf der Wiese, denn sie schien es mit dem

Unterricht nicht so genau zu nehmen.
Amanda aber kam fast jeden Tag schon kurz nach dem Beenden der Stunde und ihre Blicke suchten zugleich Adrian.
Sie erkannte bald, dass ihr Interesse nicht nur der auffallenden Erscheinung Adrians galt, sondern von einem tiefen inneren Gefühl getrieben wurde, und so bemühte sie sich jedes Mal gleich nach dem Klingeln aus dem Klassensaal zu huschen, um Adrian solange wie möglich in Augenschein zu nehmen.
Amelie, die sehr schnell Amandas Interesse an Adrian bemerkte, stellte sie eines Tages zur Rede und so gestand ihr Amanda, dass sie sich in Adrian verliebt habe. Amelie hatte jedoch keine Angst ihre Freundin an Adrian zu verlieren, denn obgleich er des Öfteren zu den beiden hinüberblickte, schien es Amelie so, als ob es nur ein harmloses Betrachten seinerseits war. Und hätte man Adrian nach den Beweggründen seines Betrachtens gefragt, so hätte er genau so geantwortet, wie Amelie dachte.

Der Klassensaal von Adrian lag unweit von Amandas. So hatte Amanda die Möglichkeit, Adrian vor Unterrichtsbeginn für ein paar Minuten zu sehen.
Durch das häufige Beobachten bemerkte sie, dass Adrian nicht von der gleichen Redseligkeit war wie sie selbst, obwohl er an manchen Tagen eingehende Gespräche mit Michael führte.
Inzwischen hatte sie von einem Klassenkameraden Adrians, der in ihrer Nachbarschaft wohnte, gehört, dass Adrian einen sehr gebildeten Eindruck vermittelte und den meisten Schülern in der Klasse überlegen sei, was auch dadurch verstärkt wurde, dass er seine Worte meist sehr genau wählte und sich so sehr elitär ausdrücken würde.

Für den Nachbarsjungen, Dumont, war Adrian unerreichbar und die Interessen zu different, als dass es eine Möglichkeit für ihn gab, Adrian näher zu kommen.
Durch Dumont lernte Amanda schon wenige Wochen nach Unterrichtsbeginn Michael kennen.
Da Michael denselben Zug zur Schule nahm wie Amanda, und er sie nun fast jeden Tag sah und mit ihr redete, entwickelte sich langsam eine sanfte innige Freundschaft.
Von Michael hörte Amanda, dass sich Adrian momentan in seiner Freizeit mit philosophischen Schriften auseinandersetzte und einen großen Teil seiner Freizeit darauf verwandte Tennistrainerstunden zu geben.
Amandas und Michaels bevorzugter Schriftsteller war Hermann Hesse, von dem sie jedes Mal, wenn sie etwas von ihm lasen, das Gefühl hatten, dass er nur für sie geschrieben habe. Aber das dachten ja auch andere. Michaels favorisiertes Buch war Demian, während Amandas Lieblingsbuch Siddharta war, was vielleicht daran lag, dass sie Demian noch nicht gelesen hatte.
Als Amanda eines Mittags in die Stadt fuhr, kaufte sie sich Demian und begann gleich am darauf folgenden Tag zu lesen. Und wie immer, wenn sie ein Buch von Hesse las, konnte sie nicht aufhören zu lesen, außer wenn sie zu Tisch musste oder sonstige Notdürftigkeiten zu verrichten hatte.
Wer das Buch gelesen hat, weiß, dass es um die Jugend Emil Sinclairs geht, der die helle und die dunkle Welt beschreibt, in der er lebt. Mit Demian verbindet Sinclair die dunkle Welt, von der er sich am Anfang loszumachen versucht. Und so musste Amanda an Adrian denken. Gehörte er nicht auch zu

dieser dunklen Welt?
Selbst wenn er nicht zu der Welt gehörte, die Demian umgab, so hatte Amanda dennoch das Gefühl, dass sie durch Adrian mit Geschehnissen konfrontiert würde, die ihr ohne ihn vielleicht erspart würden. Aber die Liebe, die sie für Adrian empfand, trieb sie zu ihm hin, ganz gleich was sie erwartete.
Und ihre Sehnsüchte bezüglich auf das Kommende wurden wiedergespiegelt in den Phantasien der Träume, von denen sie nachts begleitet wurde.
Egal wie schrecklich diese Träume waren, wie grausam sie sich in den Gemütszustand einmischten. Amanda fühlte sich immer stärker zu Adrian hingezogen, mit ihm verbunden, und es schien als könne ihr Unterbewusstsein nicht mehr zwischen Traumbild und Realität unterscheiden.
Oftmals wachte sie auf und schrie: "Es ist ein Traum, ich will ihn weiterträumen"
Und Amanda übertrat nicht mehr die Schranken zwischen Wahrheit und Illusion, sie wurden vernichtet von dem Wunsch, für immer mit Adrian zusammen zu sein.
Auch wenn Amanda es vermochte, zuweilen die Menschen als bloße Phantasie oder Traumbilder zu sehen, so hatte sie gleichfalls die Fähigkeit, so weit man dies als solche ansehen kann, Traumbilder und Phantasien als Realität zu sehen.
Sie hatte das Gefühl, dass in der Wirklichkeit eine zweite Wirklichkeit lag, und dass diese ebenso ein Rätsel und eine Hinführung zur alltäglichen Wirklichkeit sei.
Amanda ließ sich mehr von dem Schein der geträumten Wirklichkeit leiten, als von dem der Tatsächlichen.
In ihren Träumen, also der Traumrealität, war sie mit

Adrian immer vereint, und so war es für sie am Morgen immer ein Schreck aufgewacht und sich bewusst geworden zu sein, dass sie nur geträumt hatte.
Aber durch das Zusammenspiel von Träumen und wirklichem Erleben konnte Amanda Adrian nicht mehr als Fremden sehen, da sie, wenn auch nur in ihren Träumen, mit ihm mehr Zeit verbrachte, als mit irgendjemand sonst.
Da Adrian seine Nächte nicht mit Amanda verbrachte, wurde diese Traumrealität dann wieder zur Illusion, vielleicht auch zur Desillusion. Aber Amanda bevorzugte die Illusionen, die viel schöner waren als jede Realität.
Und das Schöne ihrer Träume war ihr auch nach langer Zeit viel bewusster als jede scheußliche Realität, da man schöne Erlebnisse immer länger in Erinnerung behält als jedes Unerwünschte, obwohl ja nicht jedes Unerwünschte unbedingt unschön ist.
Für Amanda war eben alles Schöne greifbar nah, obwohl sie alles Schreckliche viel intensiver erfuhr.
Geprägt fühlte sich Amanda aber von allem Schönen, sowie von allem Schlechten und Bösen.
Und auch die Träume beeinflussten Amanda, prägten sie; aber diese Träume waren eben einseitig, da Adrian nicht mit ihr träumte.
Eines Tages fuhr Amanda mit Daniel und Michael in die nächstgelegene Stadt, um sich dort die neuesten Bücher anzusehen. Als sie in dem Buchladen ankamen, sahen sie zu ihrem Erstaunen, dass sich dort auch Adrian aufhielt, um eine, zu der Zeit nicht sehr populäre, linksgerichtete revolutionäre Zeitung zu kaufen.
     »Du hast wohl auch mal wieder keine Lust in die Schule zu gehen?«, fragte Adrian Michael, da er

nicht mitbekommen hatte, dass der Französischunterricht ausfiel, denn er selbst wollte erst einige Stunden später zum Unterricht kommen, weil er kein Französisch mehr hatte.
Amanda war im Beisein Adrians immer sehr beklemmt, oder unnatürlich aufgedreht, da sie nie wusste, wie sie sich Adrian gegenüber benehmen sollte, um nicht einen negativen Eindruck von sich zu vermitteln. Eigentlich hätte Amanda sich gerne mit Michael über einige Unklarheiten bezüglich eines zu schreibenden Referates unterhalten, aber dies war für sie nicht möglich, denn sie wollte vor Adrian keine Unsicherheit zugeben.
Adrian redete an diesem Tag nicht besonders viel, was keine Seltenheit war. Er gab sich oft verschlossen. Zumindest empfanden das Amanda und die Anderen, die sich mit Adrian beschäftigten, und dies waren nicht wenige, denn er war für viele sehr interessant und für unzählige Mädchen der Märchenprinz, von dem sie träumten.
Sie fragte sich warum es so war.
Zum einen wohl, weil Adrians Aussehen zweifellos sehr anziehend war, was nicht nur daher kam, dass er außergewöhnlich hübsch war. Es war vielmehr die Fremdartigkeit, die er ausstrahlte und wohl auch seine immer wieder zu bemerkende Unnahbarkeit und Arroganz.
So stand er nun auch wieder da, oder war es doch anders anders als sonst?
Wie er so über sein Buch gebeugt war, man nur sein Profil sah, machte er nicht eher den Eindruck eines schwachen Menschen, wie der eines kleinen hilflosen Kindes?
Amanda mochte ihn schon eine ganze Weile angesehen haben, als er seinen Kopf zur Seite drehte und

sie anschaute.

Amanda zuckte zusammen, ganz unmerklich, sie drehte sich um und ging zu Michael, der bei dem eben angekommenen Sebastian stand.

Sebastian war schon seit langer Zeit ein Freund von Adrian, aber auch Amanda hatte ihn schon öfter gesehen. Er war sichtlich überrascht Amanda hier zu treffen, aber man konnte sehen, dass Amanda und Sebastian sich darüber freuten sich zu sehen.

Das Vergnügen auf Amandas Seite lag wohl daran, dass sie wusste, dass Sebastian sie sehr attraktiv fand und bei Sebastian war das Interesse für Amanda sofort wieder so stark, dass er nicht mehr von ihrer Seite wich.

>>Ich habe Hunger.<<, sagte Amanda mit quälender Stimme, die sie immer dann anschlug, wenn sie unbedingt etwas haben oder machen wollte.

>>Gehst du mit mir was zu essen holen?<<

>>Ach, ich möchte mir das Buch noch näher ansehen.<<, antwortete Sebastian, der trotz seiner Zuneigung zu Amanda doch sehr auf seine Launen und Gefühle hörte. >>Michael, wollen wir nicht etwas essen gehen?<<

>>Sei mir nicht böse, aber ich möchte lieber noch etwas hier bleiben, aber du kannst ja was von mir etwas haben.<<

>>Also gut. Wenn keiner mit mir essen gehen möchte, dann wird mir wohl nichts anderes übrig bleiben.<<

>>Wir fahren ja auch bald wieder zurück.<<

>>Wie viel Uhr haben wir eigentlich?<<, fragte Amanda.

>>Eine halbe Stunde bis eins.<<

>>Da lohnt es sich doch gar nicht mehr in die Schule zu gehen, oder was denkst du Michael?>>

>>Du hast eigentlich Recht. Daniel, kannst du uns nicht nach Hause fahren?<<

>>Aber ich habe doch keinen Schlüssel.<<, sagte Amanda, die ihn zuhause vergessen hatte und so nicht in ihre Wohnung kam. >>Was machst du jetzt Michael?<<, wollte sie wissen.

>>Ich gehe zu meiner Freundin. Wir haben uns schon lange nicht gesehen.<<

>>Und du Sebastian?<<

>>Ach, eigentlich habe ich nichts Besonderes vor.<<

>>Weißt du was, dann komme ich mit zu dir, oder macht es dir etwas aus?<<, fragte Amanda.

>>Aber nein, natürlich nicht.<<

>>Also gut, dann kannst du mich ja gegen Abend zum Bahnhof bringen, dann ist meine Mutter auch wieder zuhause.<<, erklärte Amanda.

>>So, jetzt machen wir uns erst einmal was Schönes zu essen.<<, sagte Sebastian, als sie bei ihm angekommen waren.

>>Oh ja.<<, sagte Amanda zustimmend. >>Kann ich dir dabei helfen?<<

>>Nein, wir gehen jetzt erst einmal nach oben, dann kannst du, während ich das Essen mache, Musik hören.<<, bestimmte Sebastian. >>Was möchtest du denn gerne hören?<<, wollte er wissen.

>>Am liebsten etwas Langsames, dann kann ich mich auf das Bett legen und der Musik zuhören.<<
Er wählte eine Platte von Tengerine Dream aus.

>>Also ich gehe dann mal wieder hinunter, um das Essen zu machen.<<
Amanda legte sich auf Sebastians Bett, schloss die Augen und die Gedanken schossen ihr durch den Kopf.

`Ach, Adrian hat mich heute angesehen. Ob er mich womöglich auch liebt?... Eigentlich fühle ich mich wohl. Vielleicht gibt es doch noch andere Dinge, die mich glücklich machen, außer Adrian. Musik kann Stimmungen beeinflussen. Schöne Musik, gute Bücher, etwas Gutes zum Essen und in einem warmen Bett liegen. Was will ich mehr?...`

\>>Amanda, das Essen ist fertig.<<, rief Sebastian aus.

\>>Amanda drehte sich erschrocken um. >>Ich habe dich gar nicht kommen hören.<<

\>>Möchtest du auch etwas trinken?<<, wollte er wissen.

\>>Ja. Soll ich mit runter kommen oder bringst du das Essen hoch?<<

\>>Lass uns runter gehen.<<

\>>War das lecker!<<, sagte Amanda anerkennend, nachdem sie es sich vor dem Aquarium gemütlich gemacht hatten.

\>>Du kochst wohl gerne, oder?<<, wollte Amanda wissen.

\>>Es kommt darauf an.<<

\>>Auf was?<<

\>>Ob ich kochen muss und natürlich auch für wen ich koche.<<

\>>Und wenn du mal mit einer Frau zusammenlebst, würdest du dann öfter kochen?<<

\>>Ich denke schon. Aber es kommt auf das Rollenverhältnis an.<<

\>>Also ich fände es gut, wenn mein Mann immer kochen würde, ich habe nämlich nie Lust was im Haushalt zu arbeiten.<<

\>>Du könntest ja arbeiten gehen.<<, fand er.

\>>Wenn ich ehrlich sein soll: Dazu habe ich auch

keine Lust.<<

\>\>Ich kann mir auch nicht vorstellen ein und dieselbe Arbeit zu tun. Ich würde lieber nur das tun, wozu ich gerade Lust habe. Ab und zu etwas im Haushalt machen, aber wirklich nur, wenn es mir gerade passt. Ansonsten will ich immer nur das machen was ich gerade möchte. Aber leider geht das nicht. Es muss ja alles in geregelten Bahnen verlaufen.<<

\>\>Du hast Recht. Ich würde auch am liebsten auf der faulen Haut liegen.<<

\>\>Nun, faulenzen möchte ich nicht unbedingt. Ich möchte eigentlich eine Menge tun. Und, um meine Phantasien zu vervollkommnen: Ich möchte mir auch immer das leisten können was ich will.<<

`Tja, das wäre natürlich schon eine gute Sache, aber dieses ist sowieso nicht erreichbar, zumindest nicht einfach`, dachte Amanda.

\>\>Weißt du, eigentlich ist es gar nicht so wichtig, was man alles hat, viel wichtiger ist, dass man gesund ist.<<, sagte Amanda mit Wehmut und dachte daran, dass sie sich nicht immer gut fühlte, doch Träume hatte sie noch immer, `Vielleicht das einzig Schöne, was mich glücklich macht`.

\>\>Schau dir nur das U-Boot an, wie er mit seinem Mäulchen schaufelt.<<, sagte Sebastian auf das Aquarium deutend.

\>\>Was für ein U-Boot denn?<<

\>\>Na dieser dicke aufgeblasene Fisch dort vorne.<<

\>\>Ich sehe keinen.<<

\>\>Er ist gerade zur Höhle zum Baggern geschwommen.<<

\>\>Zum Baggern?<<, fragte Amanda mit ungläubigem Gesicht.

\>\>Ja, so baut er sich seine Höhle.<<
\>\>Aber für was denn?<<
\>\>Das weiß ich auch nicht. Sonst lenzt er nur vor sich hin.<<
\>\>Was ein fauler Fisch, da hat er ja mit uns etwas gemeinsam.<<
\>\>Wie heißt er eigentlich?<<, fragte Amanda interessiert.
\>\>Picasso-Drückerfisch.<<
Sie schauten sich in die Augen und begannen beide lauthals zu lachen und hatten den Eindruck schon ewig lange verbunden zu sein.
\>\>Habt ihr nur so große Fische?<<, fragte Amanda, noch immer außer Atem vor Lachen.
\>\>Es gibt noch viel größere, aber unsere Großen fraßen immer die Kleinen, deshalb sind auch keine mehr da.<<
\>\>Ist ja schrecklich.<<
\>\>Tja, das ist die Natur.<<
\>\>Tja fressen und gefressen werden.<<
\>\>Es fragt sich nur, wer wen zuerst frisst.<<, sagte Sebastian und biss Amanda zärtlich in die Nase.
\>\>Guten Abend.<<, klang es hinter ihnen.
\>\>Hallo Mama.>>
\>\>Guten Abend.<<, sagte auch Amanda.
\>\>Ach, du hast Besuch. Ist das deine neue Freundin?<<
\>\>Nein.<<, sagte Sebastian, der Amandas Erstaunen über diese Frage bemerkt hatte.
\>\>Was nicht ist kann ja noch werden.<<, so kam sie lachend auf Amanda zu und gab ihr die Hand.
\>\>Ich bin Amanda.>>
\>\>Ich bin Sebastians Mutter.<<
\>\>Angenehm.<<
\>\>Amanda hat heute Morgen ihren Schlüssel

zuhause vergessen und konnte nicht in die Wohnung kommen, deshalb ist sie mit zu uns.<<, erklärte Sebastian den Sachverhalt.

>>Und Amanda, wie kommst du nach Hause?<<, wollte Sebastians Mutter wissen.

>>Ich werde den Sieben-Uhr-Zug nehmen.<<

>>Es ist viel zu dunkel, ich fahre dich selbstverständlich nach Hause.<<

>>Das ist nett, aber ihr Mann wird sicherlich bald nach Hause kommen.<<

>>Aber nein, mein Mann kommt erst sehr spät vom Geschäft zurück. Ich fahre dich gerne nach Hause.<<, bestand sie darauf.

Am darauf folgenden Tag dachte Amanda nur an Sebastian. Es war merkwürdig, kreisten doch sonst alle Gedanken immer nur um Adrian. Auf einmal waren alle Empfindungen, die sich sonst auf Adrian konzentrierten, wie zu Sebastian umgeleitet.
Und auch bei Sebastian drehten sich alle Gedanken um Amanda. Er hatte noch nie ein solches Verlangen nach einer Frau gespürt. Sebastian passte sie im Zug ab und nahm sie nun mittags immer mit zu sich nach Hause, wo sie dann meist zusammen etwas kochten. Sie machten Hausaufgaben, hörten Musik, lasen Bücher. Es war vollkommen harmonisch, und diese Harmonie täuschte darüber hinweg, das beide doch eigentlich in zwei völlig verschiedenen Welten lebten. Und Adrian konnte er keineswegs das Wasser reichen. Aber offensichtlich gab es zwischen ihnen eine sexuelle Anziehung, wie auch Amanda sie zuvor nicht gekannt hatte. Es war nur eine Frage der Zeit, wann sie nach ihren stundenlangen Küssen und Schmusen das erste Mal miteinander schlafen würden.
Eines Tages kam Amanda erst später zu ihm nach

Hause. Das ganze Haus war in abgedunkeltem Licht und im ganzen Haus waren Kerzen verteilt. Elektronische, langsame Musik hörte sie schon unten leise aus seinem Zimmer kommen.
>>Komm rein, meine Eltern sind auf einen Kongress gefahren. Wir haben sturmfreie Bude.<<
Sebastian half Amanda aus ihrem Mantel und brachte sie zum Esstisch.
>>Ich habe mich so auf dich gefreut. Ich habe uns auch etwas gekocht. Ich bin extra zu Hause geblieben, sonst hätte das alles nicht geklappt.<<
Es roch sagenhaft. Er hatte es tatsächlich fertig gebracht ein erlesenes Mal zu kochen. Einen schönen gehaltvollen Rotwein hatte er ihnen ausgesucht, obwohl Amanda davon ausging, dass sein Vater ihn vorgeschlagen hatte. Es gab zunächst eine klare Rinderkonsommee mit Eierstich. Danach einen Fasanbraten mit Rotkraut, Kartoffelklößen und Maronenpüree, gebackenen Apfel mit Preiselbeeren. Als Nachtisch Vanilleeis mit heißen Himbeeren. Ihre Mütter hätten es nicht besser machen können.
Nach dem Essen nahm er sie an der Hand und führte sie nach oben in sein Zimmer.
Er nahm ihr Gesicht in seine Hände, schloss seine Augen und küsste sie sanft. Sie genoss, wie er sie berührte und eigentlich wollte sie diese Berührungen zulassen, wollte sich von ihm streicheln lassen, ihn fühlen, so lange hatte sie keinen männlichen Körper mehr gefühlt, er war noch ganz neu, sie wusste nicht, wie sie sich würde ihm hingeben können.
Sie schob seine Hände weg, die immer fordernder wurden:
>>Sebastian, ich bin noch nicht bereit, ich will das noch nicht, wir kennen uns erst zu kurz.<<
Und Sebastian hatte Verständnis, wollte Amanda

beglücken, nicht bedrängen. Und er wusste irgendwann würde sie wollen, würde sie sich hingeben, er hatte ihre Lust gespürt. Sie wurde sich in diesem Moment klar, was immer sie mit Sebastian verband, es war nicht das, was sie für Adrian empfand und auch nicht würde empfinden können. Adrian war in ihrem Herzen, er war das, was sie sich immer gewünscht hatte, er war das Objekt ihrer Begierde und niemand sonst. Amanda blieb nicht mehr lange bei Sebastian, zu klar war ihr Wissen über ihre eigenen Gefühle, die sie nicht länger verbergen konnte.
Wehmütig ließ sie Sebastian zurück, der die Welt nicht mehr verstand. Tags darauf traf sie sich mit Michael, mit dem sie Adrian besuchte.
Nachdem sie eine Weile über Philosophie geplaudert hatten, verabschiedete sich Michael unter einem Vorwand und ließ Adrian mit Amanda allein.
Die Unterhaltung schien wie abgebrochen, unsicher fühlte sie sich in seiner Gegenwart.
Adrian zeigte ihr seine kürzlich erstandenen Platten neuer deutscher Punkmusik. Eine Stimmung sollte zunächst damit nicht aufkommen. Aber dann setzte er sich neben Amanda und legte den Arm um sie. Sie schauten sich an und dann küssten sie sich. Amanda schien es wie im Traum. Es war merkwürdig, so anders. Adrian tastete sich vor, streichelte ihre Brüste. Amanda saß wie versteinert da, fühlte seine Hände auf ihrem Körper. Aber es war alles andere als erregend. Sie fühlte sich wie ein Stein, aus dem keine Emotionen herauszulocken waren. Aber Adrian gab nicht auf, immer und immer wieder streichelte und küsste er sie.

>>Adrian, ich kann nicht, ich will das so sehr, aber ich kann mich nicht entspannen.<<
Adrian verstand. Er schlug vor, doch noch gemein-

sam Abendbrot zu essen, dann würde er sie nach Hause fahren.
Ein merkwürdiges Gefühl hatte sie, nachdem sie wieder alleine zu Hause war. Sie versuchte zu schlafen und war am nächsten Tag wie gerädert. Sie setzte sich in aller Frühe an den Schreibtisch und schrieb an Sebastian:

*Lieber Sebastian,*
*gestern war ich noch einige Zeit bei Adrian.*
*Ich habe immer viel von ihm geträumt, ein Traum ist gestern wahr geworden.*
*Ich weiß, es wird Dich verletzen, mich verletzt es auch ein wenig, aber es musste einfach so kommen, ganz gleich wann.*
*Frag nicht welcher Traum zur Realität wurde.*
*Ich bin noch dabei die Wirklichkeit zu träumen.*
*Ich weiß nicht, in welchem Verhältnis ich jetzt zu dir stehe, aber ich hoffe, dass unsere Freundschaft nicht beendet ist, ganz gleich in welcher Form sie weitergeführt wird. Deine Hände haben mir sehr viel Geborgenheit gegeben, vielleicht darf ich mich noch ab und zu geborgen fühlen. Und ganz gleich ob die Realität von gestern alle Träume von morgen zerstört, und vielleicht sogar die Wirklichkeit zunichtemacht, ich muss mir selbst treu bleiben und möchte nicht lügen.*
*Vielleicht verstehst du mich; eigentlich weiß ich nicht einmal ob ich ihn liebe, aber das ist ja auch nicht der Grund, der mich zu ihm hingeführt hat.*
*In Wahrheit war ich vielleicht schon immer bei ihm. Ich habe mich nur einmal losgemacht, die Liebe zu dir hat mich losgemacht, die Gefühle zu dir. Was nun wird, weiß ich nicht, aber vielleicht werde ich mir im Laufe der Zeit klar werden.*

*Nur eines solltest du wissen. Ich habe dich nie belogen, was meine Gefühle betrifft.*
*Weißt du noch, dass du sagtest, dass wir einmal auseinander gehen werden, vielleicht ist dies jetzt schon das Ende.*
*Bitte sei nicht traurig, auch wenn ich es bin.*

*Amanda*

Tränen liefen Amanda über das Gesicht. Zu der Freude über die Erfüllung des lang gehegten Traumes mischte sich die Enttäuschung darüber, dass es das Ende der Beziehung zu Sebastian bedeuten würde. Sie konnte nicht verstehen, warum es nicht gehen sollte, dass sie alles behalten würde können. Aber es war von keiner Seite aus möglich. Aus dem Ende der einen Beziehung konnte nun vielleicht eine neue zu Adrian entstehen. Aber selbst wenn nicht. Diese eine Nacht war es wert gelebt zu werden. Nicht die Träume träumen, sondern die Träume zu Wirklichkeit werden lassen, das war das Ziel. Dies war alles, was sie sich wünschte.

\*

Michael hatte schon früh sein literarisches Interesse bemerkt und auch er widmete die meiste Zeit dem Lesen. Besonders die Bücher, die vom Umgang mit Drogen berichten, begeisterten ihn immer wieder. Vielleicht schon deshalb, weil sie seinen Erfahrungskreis erweiterten.
Zurzeit las er ein Buch über die Zubereitung von Fliegenpilzen, da er vor hatte, sie als Drogen zu sich zu nehmen, wenn ihre Zeit kommen würde.

Man hatte den Eindruck, wenn man Michael nur oberflächlich kannte, dass er nur für den Gebrauch von Drogen lebte, aber ihm ging es eben darum, das Mystische, das die Drogen umgab, zu erfahren. Er wusste wohl, dass dies sein Untergang sein würde, aber gerade deshalb suchte er den Verbündeten. Aus der Angst spross jedes Mal Neugier, die ihn wieder verleitete, ja geradezu antrieb, sich mit der Droge zu vereinigen.

Aber natürlich war es schwer an die Rauschmittel heranzukommen, da diese nur illegal den Weg nach Deutschland fanden. Und obwohl sich manche Leute dem Rausch des Alkohols hingaben, waren Drogen so gut wie unbekannt, außerdem war es für "normale Menschen", schon immer schwer an irgendwelche elitären Rauschdrogen zu kommen. Zum einen fehlte es ihnen an den Mitteln, da das Geld schon für den Unterhalt knapp bemessen war, und zum anderen suchten sie nicht wie Michael das Erlebnis des Rausches, sondern sie versuchten meist, damit ihre Probleme zu verdrängen und ihren Ärger herunter zu spülen. Dennoch war das Rauscherlebnis auch hier vorhanden, aber nicht der primäre Grund.

Wie schon gesagt, war Michaels primäres Interesse den Rausch zu erfahren, die Ungewöhnlichkeiten des Rausches, und dem Verbündeten näher zu kommen. Alles andere kam noch dazu.

Natürlich waren Drogen teuer. Da Michael noch zur Schule ging, besorgte er das Geld auf recht gemeine Art: er stahl es aus der Haushaltskasse seiner Mutter, die entweder zu dumm war es zu bemerken, oder darüber hinwegsah.

Auch Michaels Freund Daniel gab sich dem Drogenrausch hin und so wurden die gemeinsamen Treffen fast ausschließlich dazu benutzt Drogen zu konsumieren, den Verbündeten zu erfahren, sich vom Rausch leiten zu lassen, obwohl dieser nicht unbedingt den Weg zur Tugend führte und das wäre für Michael vermutlich auch der letzte Weg gewesen, den er eingeschlagen hätte, denn dies war für ihn gemein und bürgerlich.

Adrian verurteilte anfangs Michaels Raucherlebnisse, aber je öfter er mit Michael und Daniel zusammen war, desto stärker wurde sein Bedürfnis, sich auch wieder einmal vom Rausch leiten zu lassen, da er früher auch schon Erlebnisse in dieser Hinsicht gemacht hatte.

Als Daniel ihn nun eines Nachmittags besuchte und dieser etwas rauchen wollte, musste er Adrian nicht lange dazu überreden. Hätte er es versucht, dann hätte er nicht mitgemacht, er wäre dann nicht offen gewesen.

Adrian hatte sich schon seit längerer Zeit überlegt, ob er in absehbarer Zeit etwas rauchen würde oder ob er lieber standhaft bleiben sollte. Und obwohl seine Entscheidung schon seit längerer Zeit feststand, war dieser Nachmittag sicher nicht so eingeplant, denn Adrian war trotz seiner Grundgedanken doch ziemlich spontan.

Daniel reinigte die Pfeife, da diese nach jeder Benutzung ziemlich verschmutzt war und mehr nach Unrat roch, als nach dem herrlichen Duft des Rauches.

Als die Mischung in der Pfeife war, nahm Daniel diese geradezu mit einer mechanischen Bewegung an den Mund und zündete die Mischung an, indem er mit einem Streichholz eine kreisende Bewegung um die Öffnung der Pfeife machte. Langsam fing die Füllung an zu glühen, ein Beweis, dass die Mischung brannte. Daniel verzog sein Gesicht: »Heftig!«

Nach zwei weiteren Zügen gab er Adrian die Pfeife.
Adrian zog und fing an zu husten, er beruhigte sich aber schnell und nahm einen weiteren Zug.
Seine Augen bekamen einen glänzenden und strahlten mit Daniels Augen um die Wette.
Den Rest der Pfeife rauchten sie, indem sie sich mit ihren Zügen abwechselten.
Nachdem sie zu Ende geraucht hatten, legten sie sich auf Adrians Bett, das auf dem Fußboden errichtet war und aus einigen Matratzen, Kissen und Bettdecken bestand und als Kuschelsofa benutzt wurde.

Adrian, Daniel und Michael trafen sich sporadisch, aber meist, um zu rauchen.
Es kam auch vor, dass andere Leute dazu kamen, um mitzurauchen, denn es war ja bekanntlich nicht so einfach an diese Art von Drogen heranzukommen und so war es mehr oder weniger üblich, die anderen Leute mitrauchen zu lassen, die sich auch vom Rausch leiten ließen.
Irgendwann entschlossen sich Adrian und Michael nach Zandfoord zu fahren. Sie fuhren gegen zwei Uhr nachmittags los und waren nach sechs Stunden beschwerlicher Autofahrt, bei der sie sich oft verfahren und zwischendurch auch schon mal ein paar Züge genommen hatten, dort angekommen.
Es war herrlich, endlich ihr Dope, wie Hope bloß mit "D" wie "drauf sein, high sein, abgehoben sein", genießen zu können.
Die Coffeeshops waren noch offen. Traumhaft, so öffentlich sich das zu geben, worauf sie aus waren.
Es war ein wunderbares Gefühl, so in der Öffentlichkeit zu sitzen und zu kiffen.
Man war wie betrunken, aber es war einem nicht schwindelig und es war ihnen nicht übel.

Sie wollten einfach nur was Abgehobenes erleben, hatten sich nicht um eine Unterkunft bemüht, hatten nichts für die Nacht, wo sie schlafen konnten. Ihr Auto, war ein Zweisitzer. Die Suche nach einer Bleibe blieb erfolglos. Irgendwann beschlossen die Beiden in den Dünen zu schlafen. In Adrians Wagen gab es zwei Decken, in die sie sich kuschelten. Sie quatschten noch ein, zwei Stunden, dann wollten sie schlafen.

Kaum hatten sie die Augen zugemacht, hörten sie das Geräusch, das sie die ganze Nacht begleiten sollte: "Bsssst, bssssst..." Und schon stach es in Adrians Gesicht.

Egal wie sie sich legten, gleich wie sie sich vermummten, die Nacht war gelaufen. Noch aufgeputscht von den Spuren des Dopes war an Schlaf nicht zu denken.

Ein andermal, als Adrians Eltern verreist waren, trafen sie sich bei ihm zuhause, um dort das Wochenende zu verbringen.

Doch diesmal kamen zu dem Kreise noch Paulo und zwei Mädchen hinzu. Die eine, Melissa, ging in Adrians Klasse, und so kam sie durch den kleinen Kreis an diese Drogen. Die andere, Nihoba, ging in die Klasse von Amanda. Ihr Kontakt zu der Clique kam durch Daniel, da er ihr schon einmal etwas besorgt hatte.

Beide Mädchen waren von außergewöhnlicher Schönheit und in ihrer Art völlig verschieden. Melissa war ein dunkelblondes, sehr zierliches Mädchen, das die Haare ungewöhnlich kurz trug und dadurch etwas burschikos wirkte.

Nihobas Äußeres unterschied sich grundsätzlich von dem Melissas. Sie hatte langes kastanienrotes Haar,

das einen vollendeten Rahmen zu ihrem Puppengesicht bildete. Obgleich man sie nicht als mollig bezeichnen konnte, war ihre Figur nicht gerade zierlich zu nennen. Ihre orientalische Schönheit hatte sie dem Umstand zu verdanken, dass ihre Mutter eine Beduinin aus Tunesien war.
Alle sechs verbrachten das Wochenende bei Adrian in aller Abgeschiedenheit und Freiheit.
Michael war von beiden Mädchen sehr angetan und er wusste selbst nicht, wen er von beiden als schöner ansah, aber man konnte sie ja auch nicht miteinander vergleichen, da sie so verschiedenen waren.
Die beiden ihrerseits brachten jedoch nicht das gleiche Interesse für Michael auf, da er nicht der Typ war, der auf den ersten Blick nicht übermäßig attraktiv wirkte.
Nihoba, die sonst noch keinem Treffen beigewohnt hatte, verliebte sich gleich bei diesem ersten Treffen in Adrian. Und obwohl sie schon fast ein Jahr mit ihrem Freund zusammen war, verspürte sie ein triebhaftes Verlangen nach Adrian.
Als sie den darauf folgenden Montag wieder zur Schule ging, führte ihr erster Weg sie zu Amanda um dieser ihre neueste Leidenschaft zu gestehen: »Ich finde Adrian ja so toll!«, sagte sie mit schwärmerischem Blick, der Amanda wie ein Messer ins Herz traf.

»Warst du auch am Wochenende bei ihm?«, fragte Amanda mit verstelltem, unbekümmertem Gesicht.

»Ja, es war ganz toll. Aber ich habe fast kein Wort geredet. Er findet mich jetzt bestimmt ganz doof.«

»Das glaube ich nicht. Leute, die nichts sagen, findet er nie doof, die fallen ihm wenigstens nicht auf die Nerven.<< Den Hauch von Ironie, der dieser Antwort beigemischt war, bemerkte Nihoba jedoch nicht. Teilweise, weil sie intellektuell nicht fähig war, es zu bemerken, teilweise auch deshalb, weil sie viel zu sehr mit ihrer Schwärmerei beschäftigt war.

>>Michael mag mich bestimmt nicht, er benimmt sich immer so komisch mir gegenüber.<<

>>Michael ist eben so, du kennst ihn ja sowieso nicht näher.<<

>>Meinst du, Adrian mag mich?<<, fragte sie mit drängender Stimme.

>>Das kann ich dir doch nicht beantworten.<<, stotterte Amanda.

Amanda wurde schon ganz unwohl zumute, wie immer, wenn etwas Ungewolltes auf sie zukam oder etwas passiert war.

>>Ich muss ihn unbedingt näher kennen lernen.<<

>>Und Christian, was machst du mit ihm? Liebst du ihn denn nicht mehr?<<

>>Doch, ich weiß auch nicht. Mit Adrian würde ich eben gerne was machen.<<

>>Was machen?<<, fragte Amanda scheinbar unwissend.

>>Ja, mal etwas zusammen rauchen oder so.<<

>>Was und so?<<

>>Ich würde gerne mit ihm schlafen.<<, sagte sie in einer Schnelle, die Amanda zusammenzucken ließ. Alles, aber das hatte sie nicht von Nihoba erwartet, zumal diese wusste, wie sie Adrian gegenüber empfunden hatte. Obwohl sie nicht wusste, dass sie Adrian immer noch liebte. Tatsächlich aber waren ihre Gefühle immer noch so intensiv, nur war Amanda noch verletzlicher, noch verschlossener geworden, da Adrian ihre Zuneigung nicht erwiderte. Dabei hatte sie erst kürzlich Michaels Freundin

gesagt, dass diese glücklich sein müsse, wenn Michael es wäre. Welcher Hohn lag in dieser Annahme, denn sie selbst würde es genauso wenig verkraften, wenn Adrian wirklich ein Verhältnis mit Nihoba anfangen würde. Vielleicht war doch einfach zu viel Egoismus in ihr.

Amanda war traurig. Jetzt war Nihoba der Clique beigetreten. Sie selbst wollte sich nicht mit dem Kreis zusammentun. Sie wusste, wie unbefriedigend es für alle Beteiligten war, wenn nicht jeder mitrauchte. Und Amanda wollte sich nicht dem Rauch hingeben. Es war nichts für sie, sie hatte es nicht vertragen und mochte keine unnatürlich, künstlich herbeigeführten Zustände. Und sie wusste, dass für Michael die Runde der Raucher viel wichtiger sein würde als die Freundschaft, die sie inzwischen verband. Amanda schrieb ihm ein paar Zeilen, denn sie war viel zu traurig, um mit ihm zu reden.

*Hallo Michael,*
*Ich habe gerade an dich und Adrian gedacht.*
*Weißt du, was sonderbar ist?*
*Schon früher, wenn ich an einem Menschen Gefallen fand, war es auch immer so, dass eine meiner Freundinnen ihn bald ebenso begehrte wie ich.*
*Bei Adrian scheint es genauso gekommen zu sein.*

*Der Abschied von unserer Freundschaft ist so schwer.*

*Amanda*

Michael beruhigte Amanda. Adrian habe überhaupt kein Interesse an Nihoba. Zur Bestätigung nahm er sie mit zu Adrian. Dort lauschte sie den Ausführungen Daniels über seine Drogenerfahrungen:

>>Ich liebe das hervorragende Haschischöl, das kann man einfach mit der Nadelspitze auf eine Zigarette streichen: das ist vergleichbar mit dem feinen Film, den Pollen, die die Knospen der weiblichen Haschischpflanze umgeben. Sieht aus wie geschlagene Butter.
Die gute Qualität von Haschisch erkennt man an der Weichheit des Dopes, an der Länge des Brennens, je länger, desto besser. Wenn es angezündet wird und immer wieder ausgeht, ist es schlechte Qualität, da hast du noch einen ganz ekligen Geschmack im Mund, da musst du dann extrem Schmeckendes, wie Bananen- oder Kirschsaft trinken, um den Geschmack loszuwerden.<<, erklärte er Amanda.

>>Ich weiß nur soviel, Peace ist Haschisch und Gras ist Marihuana. Marihuana ist die Urpflanze.<<, sagte Amanda.
Worauf Michael erwiderte: >>Das sehe ich nicht so. Auch trockenes Dope kann hervorragende Qualität sein, wenn es sich zum Beispiel um Pollen handelt. Beim schlechten trockenen Peace wird Henna beigemischt. Man riecht das dann auch, es ist ein ganz eigentümlicher Geruch.<<

>>Und um weiter zu erklären, aus der Knospe wird das Peace gepresst. Und was da herauskommt wird dann zur Platte verarbeitet, dem eigentlichen Peace. Die Wirkung ist ziemlich unterschiedlich, das kommt auf die Kreuzung der Pflanzen an. Gras schmeckt milder, sanfter: Peace ist intensiver, es zieht härter rein, es haut stärker weg. Wenn man Bong, auch bekannt als Blubber, raucht, dann nimmt man besser Peace, denn Gras verbrennt zu schnell, da kann man mit

Peace zwei Pfeifenköpfe rauchen, statt nur einen. Es gibt natürlich Leute, die schwören auf das reine Gras, denn es ist meist unverfälscht und natürlich. Beim Peace kann es passieren, dass da Schuhcreme mit drin ist.<<

Worauf Michael erweiternd erklärte: >> So ganz richtig ist das nicht. Bei dem grünen Marrok wird ein Teil aus der Blüte geschüttelt und zu grünen Platten gepresst. Bei Pflanzen, die sehr viel Pollen entwickeln, werden diese Pollen abgeschüttelt und ganz gelbliches Material gewonnen. Das ist etwas richtig Leckeres und sehr mild. Schwarzer Afghane ist sehr herb und wird aus Harz gewonnen. Bei der Herstellung laufen die Arbeiter mit Lederschürzen durch die Felder und was daran hängen bleibt, wird abgeschabt und verwendet. Als ich mal selbst angebaut habe, hatte ich nach der Ernte völlig verklebte Hände. Als ich die Hände rieb, fielen die Klebewürstchen herunter und ich hatte dann ein Gramm schwarzen Frankfurter. Das war ein gutes Zeug.<<

>>Daniel, erzähle doch mal die Geschichte von deinem Freund am Drehkreiselpunkt<<, forderte Adrian Daniel zum weiteren Erzählen auf.

>>Einem Freund von mir ist mal was passiert, als er am Drehkreiselpunkt war. Da hat er einen Dealer angesprochen und hat für zehn D-Mark Dope kaufen wollen. Er ging zu einem und hat ihm gesagt, er brauche Dope für zehn D-Mark, einem anderen hat er das Geld gegeben und der nächste brachte ihm dann das Kügelchen mit dem Peace. Aber als er dann außer Reichweite war, öffnete er das Papier und entdeckte, dass sie ihm einfach nur ein Stückchen Wurzel verkauft hatten. Er war stinksauer und ging zurück. Die Jungs, die ihm das vertickert hatten

waren nicht mehr da. Er ging zu einem anderen, erzählte ihm von dem Vorfall und drohte die Polizei zu holen. Einer von ihnen meinte, es gehe schon klar, er wolle ihm helfen. Er fragte ihn, ob er noch was drauflegen könne. Er hatte gerade noch fünf D-Mark dabei. Die ließ er sich abschwätzen und gab sie ihm. Der Dealer nahm ihm das alte Kügelchen ab und brachte ihm ein neues. Aber als er freudestrahlend in einiger Entfernung das Papier öffnete, war darin die gleiche Wurzel mit nur ein paar zusätzlichen Krümeln. Der Abend war für ihn gelaufen.<<

>>Ich habe einen Freund<<, erzählte Adrian >>der hat in der zweiten Ebene im Schuhgeschäft Tigershoes beobachtet, wie ein Händler sein Dope vor der Polizei in den Schuhen versteckt hatte. Er wartete einen günstigen Moment ab und dann nahm er aus den Schuhen sämtliches Dope. Da war bestimmt für 2.000 D-Mark Stoff drin. Seine nächsten Wochen waren gerettet.<<

Adrians beliebteste Diskothek war das Korinth. Er fuhr oft alleine dorthin, um sich zu entspannen und sich die Zeit zu vertreiben.
Als Adrian den Vorraum der Diskothek betrat, kam sogleich seine frühere Freundin Remarque auf ihn zu. Sie war für ein Mädchen sehr groß gewachsen, was noch dadurch ins Auge fiel, dass sie sehr schlank war. Sie trug immer sehr eng anliegende Kleidung, die ihre ein wenig maskulin wirkende Figur unterstrich. Ihr naturgelocktes braunes schulterlanges Haar trug sie immer offen, was ihr so im Zusammenspiel mit ihren schönen grünen Augen etwas Katzenartiges, Wildes verlieh.
Durch Konversation konnte Remarque ihre Gesprächpartner nicht fesseln, doch wegen ihrer

extravaganten Art versuchten stets alle Männer Remarque näher zu kommen, wobei sie vor allem mit ihren Eingeweiden dachten und nicht mit ihrem Kopf. Remarque war eben ein Mädchen, dessen ganze Gestalt anzog und eine solche Gewichtigkeit annahm, dass ihre Dümmlichkeit außer Acht gelassen wurde. Sie war ein Mädchen, bei dem Jungen und Mädchen gleichermaßen das Verlangen hatten sie ständig anzuschauen, ihr näher zukommen, sie zu berühren und diese Berührung vielleicht noch weiter zu führen. Bei ihrem Anblick konnte so manche Frau leicht vergessen, dass sie von Natur aus eigentlich dem Manne zugedacht war.
Auch Adrian fühlte stets, wenn er Remarque sah, das Verlangen nach ihrem Körper in sich und Remarque empfand das gleiche Verlangen nach ihm. Obwohl sie heute kein Wort miteinander sprachen, wuchs aus dem Schweigen langsam eine nonverbale Kommunikation. Und es entstand eine knisternde Spannung zwischen ihnen. Adrian empfand Remarques Nähe als sehr angenehm, obwohl er sie, als sie noch liiert waren, oftmals als unerträglich empfunden hatte.
Mittlerweile hatte es sich aber so eingebürgert, dass sie sich ab und zu trafen, ohne dass daraus Verpflichtungen entstanden.
Nur so war es für Remarque möglich, Adrian wenigstens für ein paar Stunden für sich zu haben, denn hätte er sich gefangen gefühlt, hätte er sich sofort befreit.

Adrian und Remarque vergaßen die Welt, spürten nur noch das gegenseitige Verlangen und beide wussten, dass sie diese Nacht zusammen verbringen würden. In Erwartung und der Gewissheit auf das Kommende, wurde Adrian ganz ruhig und entspannt, da er sich

dem Geschehenden bewusst war; es war zum Greifen nah. Und es war so gewiss, wie die Nacht nach dem Tag.
Langsam griff Remarques Hand nach der seinen und umfasste sie zärtlich: die Berührung ihrer Hände traf ihn ins Herz und war gleichzeitig schmerzend und angenehm.
Sie sahen sich an und ihre Blicke schienen in ein Nichts zu versinken, während sich ihre Hände weiterhin auf zärtliche Weise liebkosten.

>>Ich habe Lust etwas zu rauchen<<, unterbrach Michael die Verlorenheit der beiden.
Adrian wurde so abrupt in die Wirklichkeit zurückgeholt, dass er einen Moment aussah, als habe man ihn mit kaltem Wasser übergossen.

>>Hau ab.<<, Adrian nahm Remarques Hand, die er kurzzeitig vor Schreck losgelassen hatte und zog sie mit sich nach draußen, wo er ihr Gesicht in seine Hände nahm und sein Mund dem ihren näherte. Er küsste sie sanft und zärtlich. Remarque schlang ihre Hände um seinen Körper und zog ihn ganz dicht an sich heran. Sie hielten sich fest, als ob die Gefahr bestünde, dass sie durch irgendwelche Umstände voneinander getrennt werden könnten.

>>Komm, wir fahren zu dir.<<, sagte Adrian.
Remarques Wagen stand nur knapp 50 Meter von dem Lokal entfernt und da sie ziemlich schnell liefen, erreichten sie das Auto nach wenigen Sekunden. Adrian lief wie selbstverständlich auf die Beifahrerseite, da Remarque immer die Rolle des Fahrers übernahm. Eigentlich hatte sie im Moment keine Lust zu fahren, aber der Umstand, dass sie mit Adrian bald ungestört in ihrer Wohnung sein würde, ließ sie über ihre Unlust hinwegsehen.
Während der Fahrt warf Remarque Adrian ab und zu

einen liebevollen Blick zu, den Adrian nicht erwidern konnte, da er seine Augen geschlossen hielt und nur damit beschäftigt war Remarques Bein zu streicheln. ´Ich liebe ihn und doch darf ich es ihn niemals so spüren lassen wie ich es gerne würde`, dachte Remarque, ´aber bald wird er wieder in meinen Armen liegen und so hilflos wie ein kleines Kind sein. Nur wir zwei, und ich werde wieder jeden Augenblick genießen, aber ich werde ihm niemals zeigen wie sehr ich ihn liebe, denn das würde alles nur zerstören.` Langsam fühlte sie Tränen aufsteigen. `Nimm dich zusammen`, sagte sie sich, `ich habe ihn doch, ich habe doch mehr von ihm, als eine andere Frau je von ihm besessen hat. Ist es denn nicht wichtiger, die Minuten zu besitzen, die er dir gibt?` Remarque lächelte. `Es ist schon alles gut wie es ist.` Adrian, der schon eine ganze Weile Remarque betrachtet hatte, lächelte ebenfalls, beugte sich zu Remarque und gab ihr einen Kuss.

Remarque blickte nur kurz zu Adrian, denn sie musste sich auf den Weg konzentrieren, da diese Nacht ihr besonders dunkel erschien und am Weg keine Lampen standen.

>>Gleich sind wir da.<<, sagte sie mit verheißungsvollem Lächeln und belegter Stimme.

Nach der langen Strecke, die sie durch den Wald gefahren waren, sahen sie nun die ersten Lichter des kleinen Dorfes. Jetzt dauerte es keine fünf Minuten mehr und sie standen vor dem Haus, in dem Remarque wohnte. Es war ein schmutziges altes verkommenes Zehnfamilienhaus, indem sie eine Einzimmerwohnung bewohnte, die ihre Eltern bezahlten.

Sie hielt an: >>Steig schon aus, ich fahre noch schnell in die Garage.<<

Adrian nahm wortlos den von ihr angebotenen Schlüssel, ging zum Haus und schloss die Tür auf. Remarque kam kurz darauf, da sie das kurze Stück vom Auto bis zum Haus gerannt war. Sie nahmen sich bei den Händen und liefen in Windeseile die Treppen hinauf, die die fünf Stockwerke miteinander verband.

>>Ich habe absolut keine Kondition, es wird Zeit, dass endlich wieder Sommer wird.<<, sagte Adrian außer Atem.

>>Ja,<<, antwortete Remarque >>wir müssen dann unbedingt wieder zusammen Tennis spielen.<<

>>Ich glaube kaum, dass ich dazu Zeit habe, ich werde nämlich eine Menge Trainerstunden geben, außerdem muss ich auch mal was für die Schule tun.>>

>>Und lesen...<<

>>Warum sagst du das mit so einem scharfen Unterton?<<, wollte er wissen.

>>Ich weiß auch nicht, entschuldige. Keine Ahnung, was eben los war. Wahrscheinlich die Macht der Gewohnheit. Ich bin manchmal überreizt, aber das könnte ich natürlich abbauen.<<

>>Ja, wie denn?<<, fragte Adrian mit gespielt unschuldigem Gesicht, obwohl er kurz vorher noch ziemlich genervt ausgesehen hatte.

Remarque, die die Frage mehr als Aufforderung empfand, nahm Adrian in die Arme und fing an ganz behutsam sein Gesicht zu küssen. Adrian beugte seinen Kopf nach hinten, schloss seine Augen, während Remarque dazu überging seinen Hals zu küssen. Adrians Hände glitten über ihren Rücken und er zog ihr dann ihren Mantel aus. Adrian, der auf dem Boden kniete, zog Remarque zu sich herab, während er ihr dabei gleichzeitig ihren Pullover auszog. Remarque küsste Adrians Augen, die für sie immer so aussahen, als ob sie sich nach dem Schutz ihrer Lippen sehnten. Remarque begann ein wenig zu frösteln und kuschelte sich ganz eng an Adrians Oberkörper, den sie inzwischen auch schon entkleidet hatte.

>>Du hast so wunderschön zarte Haut.<<, sagte Adrian und schmiegte sich zum Beweis an ihren kleinen mädchenhaften Busen. Während er ihren Busen liebkoste und ihre restlichen Kleider auszog, streichelte Remarque über seinen Rücken. Sie wechselten sich fast periodisch damit ab ihren Körper gegenseitig mit dem Mund zu liebkosen. Remarque zog Adrians Hose aus, um seine Beine an ihren Körper pressen zu können, da sie dies beiderseits gleichfalls erotisch fanden.

`Sein Körper sieht so zerbrechlich aus`, dachte Remarque und zog sich an seinem Körper hoch, um das Bedürfnis, ihn zu umarmen zu befriedigen. Danach folgte ein langer inniger Kuss, während beide sich weiter streichelten.

>>Komm, ich möchte mit dir schlafen.<<, sagte Remarque und zog Adrian auf ihren Körper.

Als Adrian zum Höhepunkt gekommen war, durchflutete ein heißes Gefühl seinen Kopf und so ließ er sich treiben von dem Gefühl, das nun seinen ganzen Körper erfasst hatte. Und ebenso schnell wie diese Hitzewallung ihn ergriffen hatte, setzte eine Gefühllosigkeit ein.
Remarque, die ebenfalls zum Höhepunkt gekommen war, war so mit ihren Gefühlen beschäftigt, dass sie nicht bemerkte, was in Adrian vorging.
Gedankenverloren blieb er neben Remarque liegen. Nach einigen Minuten ließ die Taubheit seines Körpers nach und er fühlte nur noch völlige

Entspanntheit. Diese Momente liebte er. Einfach daliegen können, ohne an irgendetwas Bestimmtes denken zu müssen, denn bewusst abschalten war für ihn nicht möglich.
Adrian schüttelte seinen Kopf, er musste für ein paar Minuten eingeschlafen sein. Er drehte seinen Kopf zur Seite und sah, dass Remarque schlief. Plötzlich wurde ihm übel. Jetzt, nachdem die Lust gestillt war, bereute er auf einmal mit ihr geschlafen zu haben.
Die Vorstellung, dass sie ihn wieder zurück zu seinem Wagen fahren musste, war ihm zuwider. Viel lieber wäre er gegangen ohne ein Wort an sie zu verschwenden.
Er suchte seine Kleider zusammen, zog sich an und versetzte Remarque einen unfreundlichen Stoß:
    >>Steh auf, ich will jetzt nach Hause.<<
Remarque öffnete die Augen >> Was ist denn los?<<
    >>Ich will jetzt nach Hause.<<
    >>Ja, in Ordnung. Ich versteh schon.<<, sagte sie verdattert.
Remarque stand auf und kleidete sich schweigend an. Dann nahm sie ihre Autoschlüssel und ging nach unten. Während der gesamten Fahrt saßen sie nebeneinander und es war fraglich, wer sich unwohler fühlte.

*

Langsam flossen Tränen über Amandas Gesicht. Sie fühlte sich einsam und verloren und begann im Inneren ihres Körpers zu frösteln. Plötzlich zog sich ihr Körper zusammen und sie fing erbittert an zu weinen, während sie am ganzen Körper zitterte.
Amanda gab sich voll dieser Stimmung hin ohne

irgendwelche Gedanken, aber sie besaß die Neigung sich in alle Gefühle und Gedankengänge, die in ihr aufkamen, hineinzusteigern.
Amanda wurde durch ihren Weinkrampf förmlich aufgelöst, kam aber langsam wieder zur Ruhe.
Wie in Trance ging sie zum Telefon und wählte die Nummer: 4550.
>>Ja bitte?<< Schweigen.
>>Wer ist denn da?<<, fragte nun die Stimme.
Klick.
Amanda sank zusammen und fiel in einen erneuten Weinkrampf. Sie saß einige Zeit zusammengekauert vor dem Telefon, richtete sich dann aber wieder auf, um erneut zum Hörer zu greifen.
4335.
>>Hallo.<<
>>Michael, bist du es?<<, wollte sie wissen.
>>Ja.<<
Amanda fing wieder an zu weinen.
>>Ich halte das nicht mehr aus. Was soll ich denn nur machen?<<
>>Ist es wegen Adrian?<<, fragte er.
>>Hat er dir irgendetwas gesagt?<<
>>Ich haben den ganzen Tag kein Wort mit ihm gesprochen.<<.
Schweigen.
>>Michael, was soll ich denn nur machen?<<
>>Ich weiß es auch nicht. Soll ich zu dir kommen?<<
>>Nein, ich muss gleich Nachhilfe geben. Das lenkt mich bestimmt ab.<<, erklärte sie.
>>Ja, ich glaube das ist gut.<<
Dann schwiegen sie wieder.
>>Fährst du morgen mit dem ersten Zug?<<
>>Ja, ich sitze wieder im letzten Abteil.<<

>>Gut, also dann bis morgen.<<
>>Bis morgen.<<

Amanda ging in ihr Zimmer, schaltete ihr Radio ein und legte sich aufs Bett.

So lag sie eine Weile, der Musik lauschend, bis das Läuten ihrer Schülerin sie aus ihrer stimmungswirren Welt zurückholte.

Sie öffnete die Tür und ging mit ihr in ihr Zimmer, um zu lernen.

Nach der Nachhilfestunde war Amanda so in mathematische Gedanken vertieft, dass sie schon gar nicht mehr an ihre trübselige Stimmung des Vormittags dachte und so widmete sie sich den Rest des angebrochenen Abends ihren eigenen Schulaufgaben.

Als ihre Mutter nach Hause kam, legte sie ihre Bücher zur Seite und deckte den Abendbrottisch, um mit ihrer Mutter zu essen.

Sie schauten noch ein wenig Fernsehen und Amanda ging früh zu Bett, da der Tag sehr an ihren Kräften gezehrt hatte.

Als sie am nächsten Morgen erwachte, war ihre Stimmung wieder genauso betrüblich, wie sie es am Mittag des vergangenen Tages war. Oft war es so, dass sie die Stimmung, die sie vor dem Schlafengehen einfach hatte, mit in den nächsten Tag nahm.

Sie blieb, wie jeden Morgen, noch ein Weilchen liegen, um ein wenig Musik zu hören und sich auf den kommenden Tag vorzubereiten, was natürlich auch manchmal zur Folge hatte, dass sie sich noch schlechter fühlte, was ihre psychische Verfassung anbetraf.

Heute war es aber so, dass sich ihre Stimmung verbesserte, was von Vorteil war, da sie sich bei schlechter Verfassung nicht ausreichend auf den Unterricht

konzentrieren konnte.
Michael traf sie, wie verabredet, im Zug und sie gingen den gemeinsamen Weg zur Schule, wie jeden Morgen, hatte Amanda durch die Freundschaft mit Michael ihre Klassenkameraden und ihre anderen Freunde sehr vernachlässigt.
Die ersten beiden Schulstunden hatte sie Mathematik, auf die sie sich am vergangenen Tag vorbereitet hatte, und so zeigte sich ihr Lehrer sehr erfreut, da dies schon lange nicht mehr der Fall war.
Adrian sah sie an diesem Morgen nicht, worüber sie am Anfang des Schultages traurig war, was aber durch ihre rege Mitarbeit und die Ablenkung sehr schnell wieder ausgeglichen wurde.
In der ersten Pause wartete sie vergeblich auf Adrian.
`Wenn er mich lieben würde, dann würde er es ganz bestimmt nicht versäumen in die Schule zu kommen`, dachte Amanda, denn sie ging von ihren eigenen Gefühlen aus. Sie selbst würde wohl kaum einen Schultag, oder zumindest eine Pause versäumen, da dies die einzige Chance war Adrian zu sehen.

>>Ist Adrian heute nicht in der Schule?<<, fragte Amanda Michael, der gerade auf Amanda zugekommen war.

>>Nein, er war gestern Abend in der Korinth.<<
>>Allein?<<
>>Ja, aber seine frühere Freundin Remarque war da.<<
>>Und was haben sie gemacht?<<
>>Weiß ich doch nicht. Ich war doch nicht dabei.<<
>>Meinst du, er ist noch in sie verliebt?<<
>>Woher soll ich denn das wissen?<<
>>Frag ihn doch mal!<<
>>Ja, mache ich, wenn sich die Gelegenheit

ergibt.<<

>>Du, ich muss noch mal schnell zu Herrn Eichhorn, wir sehen uns dann nächste Pause.<<
Amanda drehte sich um und rannte in Windeseile vom Schulhofanfang bis zur Pausenhalle, wo sie sich den Weg ins Lehrerzimmer bahnte.

>>Was ist denn mit der los?<<, frage Adrian, der in dem Augenblick um die Ecke bog, als Amanda losgerannt war.

>>Amanda ist noch mal schnell ins Lehrerzimmer gegangen.<<

>>Gegangen?<<, sage Adrian mit einem leicht ironischen Beigeschmack. >>Die Frau ist ganz schön hektisch, das nervt mich nur an.<<
`Arme Amanda`, dachte Michael, der diese Worte nicht gerade als Gestik der Zuneigung für Amanda von Adrians Seite sah.
Während der nächsten Stunden wartete Amanda voller Ungeduld auf die nächste Pause, da sie von der schwärmenden Nihoba erfahren hatte, das Adrian schon in der Pause gekommen sei und sich mit Michael unterhalten hatte.
Als das Pausenzeichen endlich ertönte, war Amanda wieder einmal die Erste, die den Klassensaal verließ, was schon langsam den Unmut sämtlicher Lehrer auf sich zog.
Adrian und Michael standen im Kreise ihrer Schulfreunde Paulo und Daniel und unterhielten sich angeregt über die Todesstrafe.
Alle sprachen sich eindeutig gegen die Todesstrafe aus, außer Daniel, der dieser nur in bestimmten Fällen zustimmte.

>>Na, was hältst du von der Todesstrafe?<<, fragte Michael Amanda, als sie schon eine ganze Weile neben ihm stand ohne etwas zu sagen.

Über Amandas Gesicht zog sich eine purpurfarbene Röte und sie brachte sich noch in Erklärungsnotstand, indem sie sagte: »Es kommt darauf an.«

»Auf was denn?«, wollte Adrian wissen.

Für Amanda war die erste Frage so spontan gekommen, dass sie überhaupt nicht überlegt hatte, was sie sagen sollte. Sie wusste so schnell keine Antwort. So schwieg sie einen Moment.

Michael, der die Unsicherheit Amandas bemerkt hatte, befreite sie aus dieser Situation und fragte:

»Gehst du mit spazieren?«

»Oh ja.«, gab Amanda schnell, vielleicht viel zu schnell, zur Antwort, obwohl sie normalerweise nicht spazieren ging.

Michael nahm Amanda an die Hand und beide gingen zu dem angrenzenden Wiesenweg spazieren.

»Das war eben was. Ich bin ganz rot geworden. Meinst du er hat es bemerkt?«

»Ich glaube schon. Sag mal, bist du wirklich für die Todesstrafe?«

»Weil ich gesagt habe, dass es darauf ankommt? Die Frage kam für mich so plötzlich, dass ich überhaupt nicht wusste, was ich sagen sollte. Außerdem weißt du doch, dass Adrian mich immer völlig verunsichert. Es ist ja so schrecklich, dass ich rot geworden bin.«

Amanda trat mit dem Fuß auf den Boden wie ein Kleinkind und schüttelte sich vor Unmut. Dies war eine Geste, die sie von Michael übernommen hatte:

»Ich bin nicht für die Todesstrafe, ich finde Menschen haben überhaupt nicht das Recht über das Leben anderer zu bestimmen, ganz gleich was sie getan haben. Was ist denn ein Menschenleben wert? Es ist für uns unermesslich. Wer sagt denn was ein Verbrechen ist?

Die Gesetze, die in unserer Gesellschaft vorhanden sind, die für uns Normen sind, an die wir uns halten müssen...<<
>>Shit, Amanda, wir müssen zurück, wir sind viel zu spät, ich muss heute ein Referat halten.<<
Und schon rannten beide los, um nicht allzu spät zu kommen.

\*

Die Sommerferien waren gekommen. Amanda entschied sich, das Urlaubsangebot ihrer Eltern anzunehmen und mit in einen Club zu fahren. Als Lektüre packte sie Demian und Die Pforten der Wahrnehmung und Himmel und Hölle von Aldous Huxley ein. Sie wollte sich noch einmal mit diesen Themen auseinandersetzen.
Schon am zweiten Tag lernte sie eine ziemlich verwöhnte Hoteliersthochter kennen, die ihr gleich erzählte, sie sei an Magenkrebs erkrankt und dürfe nicht alles essen, müsse strenge Diät halten und auch sonst wäre das Leben im Moment nicht so einfach für sie, weil sich alles um die Krankheit drehen würde. Sie erklärte Amanda, dass sie zum Frühstück immer zunächst einmal einen Orangensaft trinken und erst nach einer Stunde etwas essen würde, um ihren Magen zu schonen, denn der Magen würde sonst zu schnell überfordert.
Obgleich Amanda Suel als sonderbar empfand verbrachte sie doch viel Zeit mit ihr. Sie war zwei Jahre älter, wirkte sehr reif und sehr erfahren.
>>Märchen mochte ich eigentlich nie. Mich faszinieren die Soap-Operas der heutigen Zeit da schon viel mehr. Auch meine Träume möchte ich nicht mis-

sen. Manchmal nehme ich gar nicht wahr, dass ich träumte. Alles ist so real für mich. Weißt du, Suel, ich habe mal bei Nietzsche gelesen ´Es ist ein Traum, ich will ihn weiterträumen´ und da dachte ich, er schreibt, was ich fühle.<<, erzählte Amanda ihrer neuen Freundin.

>>Ja, ich finde Traumwelt und Wirklichkeit gehen ineinander über und es gibt genug Leute, die behaupten, dass Träume ein Teil des Lebens sind.<<

>>Auch ich habe diesen Satz für mich adaptiert. Aber welch ein Fehler. Hatte ich dadurch doch eine Rechtfertigung, dass die Tagträume, in die ich mich so gern flüchte, ein Teil von meinem Leben sind.<<

>>Draußen, wenn es kalt und düster ist, wenn der Himmel keinen einzigen Sonnenstrahl zur Erde sendet, dann sind diese Träume der einzige Lichtstrahl, der mein Leben erhellt.<<, erläuterte Suel.

>>Aber warum soll das Leben eigentlich nur aus Licht bestehen?<<, wollte Amanda von Suel wissen.

>>Ich weiß nicht, ich glaube wir streben danach. Vielleicht kommt es auch einfach darauf an, was wir in unserer Vergangenheit erlebt haben, wie wir aufgezogen wurden. Ich wurde immer umsorgt und behütet. Das ist es, was jetzt mein Leben zu Hölle macht. Meine Eltern haben nicht erkannt, welchen Ballast sie mir mit auf den Weg geben würden, mit ihrem ewigen Behüten und Bemuttern. Ich war immer nur Prinzessin.<<

>>Ja, ich auch und auch ein Grossteil meiner Freundinnen. Na ja, und so einfach ist das ja auch nicht miteinander, denn im Grunde will jeder dieser Prinzessinnen auf den Thron. Davon gibt es allerdings nicht so viele.<<

>>Außerdem will jede Prinzessin ihren Märchenprinzen. Und wehe eine von uns hatte ihn gefunden.

Erst wurde sie beneidet, dann wurde er ihr missgönnt und dann wurde versucht sie zu trennen.<<

>>Aber wenn man älter wird begreift man diese Mechanismen doch, oder?<<, fragte Amanda. >>Und deine Eltern? Wie ist es heute mit ihnen?<<

>>Meine Eltern gaben mir das beste Vorbild dieser Welt.<<, meinte sie ironisch. >>Mein Vater nahm sich immer die besten Freundinnen meiner Mutter als Geliebte.<<

>>Im Ernst? Und deine Mutter? Was hat sie gemacht?<<, wollte Amanda wissen.

>>Meine Mutter schaute zu, schrie, kämpfte und gab irgendwann auf und arrangierte sich dann mit dieser Situation. Ich resignierte schon früher, manchmal kam ich mir vor wie ein Rächer der Enterbten, wollte gegen jeden Mann zu Felde ziehen, der so etwas tat, hütete mich in eine solche Lage zu kommen, aber irgendwann holten mich die Gepflogenheiten der menschlichen Koexistenz ein. Auch ich wurde Geliebte. Ich erduldete solange, bis ich mir seine Freundin zu meiner Freundin machte. Und dann war es vorbei. Meine Loyalität Frauen gegenüber war komischerweise immer stärker als die gegenüber Männern.<<, erläuterte Suel. >>Ich empfinde Männer selbst nie als besonders loyal, sondern eher besonders bequem. Für einen Mann sind die Frauen allzu leicht ersetzbar durch Spülmaschine, Waschmaschine und Bumsmaschine. Oder durch jemand, der sie bedienen kann. Männer geben uns nichts, es sei denn ihre Samen spendende Flüssigkeit. Und wenn es Probleme gibt, dann versuchen sie es auf andere Art und Weise. Denn es gibt genug Frauen, die sich sagen, dann schon lieber ein schnelles Gefährt unter dem Hintern, als ein lahmes zwischen den Beinen.<<

>>Männer sind eigentlich nicht zu beneiden. Sie stehen doch unter unglaublichem Druck. Und dann, wenn sie nicht gut aussehen, kein Geld oder sonst irgendwas aufzuweisen haben, können sie nur versuchen sich auf andere Art unentbehrlich zu machen. Mir tun sie schon leid. Bin ich froh, dass ich eine Frau bin.<<, kommentierte Amanda Suels Ausführungen.
>>Weißt du Amanda, ich glaube, der Spruch `Lieber einen Spatz in der Hand, als ´ne Taube auf dem Dach` wurde von den Männern gemacht. Vielleicht sind Männer doch mehr Spatz, als wir denken. Täubchen waren bestenfalls mal die Frauen.<<

Demian fesselte sie so sehr wie beim ersten Mal und sie verschlang es. Fasziniert war sie wieder von der Beschreibung der hellen und der dunklen Welt, in der Sinclair lebt. Demian, der Freund wird, hilft Sinclair aus seiner phobischen Neurose. Auch eine längere Trennung kann die Freundschaft der beiden nicht zerstören. Hier spürte man die Verbundenheit Hesses mit der indischen Ideologie. >>Diese Welt, wie sie jetzt ist, will sterben, sie will zugrunde gehen und sie wird es... Die Welt will sich erneuern. Es riecht nach Tod. Nichts Neues kommt ohne Tod.<< Hesse, der in seinem Leben Höhen und Tiefen erlebt hatte, konnte nachempfinden, was in anderen Menschenseelen vor sich geht: >>Es ist ein großer Unterschied, ob sie bloß die Welt in sich tragen, oder ob sie das auch wissen! Ein Wahnsinniger kann Gedanken hervorbringen, die an Plato erinnern... Aber er weiß nicht davon... Dann aber, wenn der erste Funke dieser Erkenntnis dämmert, dann wird er Mensch.<<
Als Amanda Huxleys Schriften las, kam sie immer mehr durcheinander. Suel hatte sich einen Liebhaber genommen und war mit ihm nun mehr im Bett als

mit Amanda am Strand. Sie erzählte Amanda in schillernden Ausführungen wie ihr Liebesspiel mit ihrer neusten Errungenschaft war. Suels Aura, die dunkel und verworren wie ihr Naturell war, hatte einen negativen Einfluss auf Amandas Grundbefin-den. Amanda konnte sich nie besonders gut abgrenzen und benötigte die ganze Kraft, um in ihrem Ich zu bleiben.
Sie spürte in diesem Urlaub, wie verschieden sie und ihre Eltern waren.

>>Weißt du, Suel, ich war nie ein Nestflüchter, denn im Grunde war ich immer auf der Suche nach diesem. Meine Eltern können mir das nicht geben, was ich wirklich suche. Eine Heimat, in der ich mich völlig authentisch fühle. Und je mehr meine Eltern versucht haben mir ein Nest zu geben, desto mehr entzog ich mich. Es hätte so gut werden können, aber erst heute weiß ich, dass Erziehung gar nicht so einfach ist. Früher dachte ich, Erziehung sei Liebe und Vorbild, heute weiß ich, dass da viel mehr dazu gehört.<<
Suel antwortete:
>> Wenn es einen Vater im Himmel gibt, der Gott heißt, wenn die Hauptthese "Erziehung ist Liebe und Vorbild" bestehen bleibt, dann können wir die Vorgabe sowie die Intensität selbst bestimmen. Da er sich aber nicht öffentlich darstellt, ist er der einzige Vater, der uns Halt gibt und die Freiheit lässt, uns so zu entwickeln, wie wir wollen.<<
>>Ach Suel, ich war solange auf der Suche eines Pfades, eines Weges oder nur der Andeutung eines solchen. Im Grunde war im Leben alles so mühelos und doch so schwer, egal von welcher Seite aus man es betrachtet. Und unabhängig von der Zeit, in der wir leben, es ist immer hart. Wir Menschen scheinen verflucht zu sein, immer das Leben, welches wir füh-

ren, als das schlimmste und schwierigste anzusehen. Und selbst wenn wir mal in einer Epoche leben, in der der Frieden in unserem Land von Dauer ist, suchen wir den Kleinkrieg mit anderen, um wenigstens so der friedlichen Koexistenz einen Stein in den Weg zu räumen.
Und wie sehr ich mich auch darüber beschwere, genauso unfähig bin gerade doch ich diese friedliche Koexistenz zu führen. Als sei ich selbst immer auf der Schaubühne der Welt. Entweder ich greife an oder werde angegriffen. Und wie sehr leide ich darunter, dass man mich nicht liebt, oder zu sehr liebt. Weil ich eingeengt werde, weil man mich zu sehr beachtet, mich zu wenig gelten lässt. Weil man mich nicht versteht.
Der Weg, den ich einschlage, ist mit Sicherheit immer der falsche. Und selbst wenn es anders gekommen wäre, hätte ich mich immer noch zu beklagen.
Ich wünsche mir immer, dass man mich so nimmt wie ich bin, aber wenn es jemand tut, dann denke ich, er ist meine Marionette.
Ich lebe eigentlich in der besten aller Welten, weil es für mich im Moment keine andere Welt gibt.<<
Amanda dachte immer viel über sich und die Welt nach, reflektierte viel und doch sah sie die Welt und sich aus ihrem eingeschränkten Blickwinkel.

*

*Hallo Michael,*

*die Verworrenheit nagt immer tiefer in mir, aber ich tue auch keinen Schritt, mich davon zu befreien. Eine unmissverständliche Aussprache würde alles klären, aber ich habe nicht den Mut.*
*Vielleicht ist es auch nur so schlimm, weil ich einmal das, was ich will, nicht bekomme.*
*Aber alles Vermuten und Ahnen bringt mich auch nicht weiter. Ich glaube zu wissen, dass es schrecklich ist und ich komme mir so verraten vor.*
*Verraten von dir an Adrian und von Adrian an die Umwelt.*
*Eigentlich habe ich mich noch nie als Naivchen gefühlt, aber vielleicht ist es wirklich naiv sich in jemand zu verlieben und dann auch noch darauf zu hoffen, dass dieser jemand die gleichen Gefühle erwidert.*
*Seit ich mit dir befreundet bin, habe ich mich von vielen zurückgezogen und alle Freundschaften sind ziemlich oberflächlich geworden.*
*Was kann ich denn dafür, dass ich Adrian mag, dass ich so viel für ihn empfinde?*
*Ich möchte so gerne fliehen, ich will weg und Geborgenheit finden, um meiner Traurigkeit Freiheit zu geben, damit ich am Ende wieder bereit bin in diese üble Welt zurückzukehren.*
*Ich werde mich bestimmt nicht, jedenfalls nicht wegen Adrian, in das andere Leben befördern.*
*Vielleicht bin ich schon zum Masochist geworden.*
*Ich würde so gerne die Schule verlassen, ich ertrage es nicht länger Adrian zu sehen.*
*Ach Michael, ich bin so voll gepumpt mit*

*Beruhigungsmittel, dass ich nicht weinen kann, vielleicht sitzt die Traurigkeit auch zu tief.*
*Ich wandelte immer der Sonne entgegen, war glücklich, wenn ich sie fand.*
*Ich hasse den verhangenen Himmel - es schien mir wie ein Deckel auf meinem Ich zu sein.*
*Michael, die Sonne kann man verdrängen, man muss nur den Vorhang zuziehen, schon ist man im Dunkel. Bei trüben Tagen kann man nicht einfach die Sonne anknipsen, als habe Gott vergessen den Schalter zu installieren.*

*Amanda*


Amanda hatte sich überlegt, dass es ihr besser gehen könnte, wenn sie Drogen nehmen würde. Abends ging sie mit zur Clique. Sie saßen beisammen und rauchten.

>>Ich habe deinen Brief gelesen, wie geht es dir?<<, wollte Michael wissen.

>>Ach weißt du, diese trüben Tage... Ich weiß nicht wann das mal vorbei ist, ich will einfach mal so unbeschwert leben wie andere. Aber die Gefühle, die ich habe, übersteigen meine Kraft.
Dann hilft nur noch schreiben. Mir gingen gestern so viele Gedanken durch den Kopf. Ich brauche immer ein Ziel, irgendetwas wo ich mich hin orientieren kann. Aber im Moment weiß ich nicht weiter.<<

>>Du musst dir einfach nur überlegen was dir wichtig ist.<<, ging Michael auf sie ein.

>>Diese Frage stelle ich mir jeden Tag, aber ich bin in einem so luftleeren Raum. Was mache ich nach der Schule, soll ich eine Ausbildung machen, soll ich studieren? Was entspricht meinen Fähigkeiten und

Neigungen. Es ist schwierig.<<, sagte sie. >>Und dann diese Sache mit Adrian. Er ist so rätselhaft, ständig sind meine Gedanken bei ihm. Aber was zieht mich so an ihm an?<<

>>Vielleicht ist es seine Unnahbarkeit, dass er so gänzlich anders ist.<<

>>Wie ist er eigentlich?<<
Und sich selbst die Antwort gebend:

>>Er ist arrogant, außergewöhnlich gut aussehend, nicht dumm, schwierig, undurchschaubar und vor allem einsam. Weißt du, ich habe mal gelesen: Er hatte geliebt und sich selbst gefunden, die meisten lieben und verlieren sich dabei. Und ich, ich weiß gar nicht wie es mir dabei geht. Aber dieses starke Gefühl kann ich nicht wegdenken. Ich fühle mich verloren an ihn, aber es bringt mich auch zu mir.<<

>>In jedem Menschen sind tausend kleine Regungen versteckt, die man selbst nicht kennt, nicht wahrnimmt. Und doch kommen manchmal Gedanken hervor, die einem fremd sind, mit denen man zunächst nichts anfangen kann, weil man sich in dieser Form noch nicht damit beschäftigt hat, wir uns sowieso noch nicht sehr mit uns beschäftigt haben.<<
Das erste Schilum wurde herumgereicht, jeder nahm ein paar Züge, dann ging das Dope umher. Amanda fühlte nicht viel, redete weiter mit Michael.

>>Aber was ist, wenn wir an uns Wesenszüge entdecken, die nicht in die Norm passen, die für uns und die Welt abartig sind?<<

>>Wir werden uns davor fürchten, wir werden Angst bekommen, weil wir das, was in uns vorgeht nicht begreifen können.<<

>>Wir sagen, wenn wir von einem Mord hören: Ach, wie schrecklich, wie kann ein Mensch nur so etwas Derartiges tun und finden, dass wir niemals in

der Lage wären etwas Dergleichen zu begehen. Aber vielleicht dachte der Täter Tage vor seiner Tat noch genauso, vielleicht sogar Stunden zuvor. Was verursacht dann ein solches Verbrechen?<<

>>Es kommt darauf an, vielleicht sind es einfach nur die Nerven, die ihm durchgehen, oder er ist nicht ganz bei Sinnen. Die Gedanken des Menschen sind einfach nicht mehr in der Reihe.<<

>>Diese Antwort ist mir wohl am liebsten, denn wenn ein Mensch mit seinen Gedanken nicht mehr in der Reihe ist, dann hat er nicht normal gehandelt. Also letztendlich doch abartig, das sagt nichts anderes aus, als dass er nicht mehr der Art zugehört. Außer der Reihe, nicht mehr in Reih und Glied.<<

>>Ja, es muss etwas damit zu tun haben, dass das was vor sich geht, nicht so recht in das Schema passt, das wir kennen.<<

>>Aber ist es nicht so, dass wir die tiefsten Gefühle in unserem Inneren nicht ausleben?<<

>>Natürlich ließe sich jetzt über die moralischen und ethischen Gefühle reden, aber ich glaube dazu bin ich doch nicht mehr in der Lage.<< Amanda spürte langsam ein merkwürdiges, unbehagliches Gefühl.

>>Alle Gefühle und Gedanken, die wir in uns bemerken, mögen sie noch so fremd sein, gehören ebenso zu unserem Empfindungskreis, wie alle Gefühle, die wir und unsere Umwelt als normal empfinden und über die wir in der Regel auch überhaupt nicht nachdenken.<<

>>Aber zunächst kommt der Gedanke, dann die Tat, so sehen wir das Verhalten der Menschen manchmal, was in ihnen vorgeht, obwohl uns auch jede Menge verborgen bleibt, teils weil die Menschen nicht alle Gedanken ausleben und weil wir sie nicht in jeder Situation erleben.<<

>>Um einen Menschen zu kennen, müssten wir ständig in seiner Nähe sein und er müsste uns seine Gedanken und Gefühle mitteilen.<<
>>Aber wären wir fähig zu verstehen, Wir können ja nur das verstehen, was wir selbst nachvollziehen können!<<

Als sie zu Hause war, ging es ihr schrecklich. Sie wohnte im vierten Stock. Sie ging ins Bad. Ihr war so übel, sie stand vor der Toilettenschüssel und hatte das Gefühl, als sei sie ganz klein und die Toilettenschüssel fast so groß wie sie, und sie wurde immer größer, dann wieder kleiner. Ihr war so schlecht, sie musste sich übergeben, sie verschmutzte das ganze Bad, alles taumelte um sie herum.
Dann ging sie ins Schlafzimmer, öffnete das Fenster, um die Helligkeit zu sehen, die sie lockte. Sie schaute nach unten, vor ihr lag der Schulhof und sie hatte das Gefühl, als sei er ganz dicht unter ihr, als sei da überhaupt keine Distanz. Es war sonderbar, aber es schien ihr alles völlig normal, sie überwand das Gefühl der Angst. Es war nicht normal. Sie wusste es, auch wenn sie etwas anderes fühlte. Sie wurde nach unten gezogen, die Treppe hinunter. Die ganze Realität war verwischt. Es war, als würde sie angetrieben, nur nicht aus eigenem Willen, aber sie musste sich einfach beugen, es gab gar keinen Ausweg.

\*

>>War es nicht gut gelungen, wie Baader mit Hilfe von Ulrike Meinhof sich hat befreien lassen?<<
>>War schon clever, dass sie gesagt haben, dass

sie ein Buch über die Organisation randständiger Jugendlicher schreiben wollten.<<

>>Ja, der Meinhof sollte man dies nach Bambule abgenommen haben.<<

>>Hast du es gelesen?<<, wollte Amanda wissen.

>>Klar.<<

>>Woher kommt denn das Wort Bambule?<<, fragte sie interessiert.

>>Bambule ist ursprünglich ein Begriff aus der deutschen Gaunersprache, der das Trommeln und Schlagen mit Gegenständen in den Gefängniszellen als Ausdruck des Protestes meint.<<

>>Und worum geht es in dem Buch?<<

>>Es ist ein Theaterstück und handelt von Jugendlichen im Erziehungsheim und deren praktizierter Form des Protests, die auch Krach mit den ihnen zur Verfügung stehenden Gegenständen machen. In dem Buch werden die autoritären Methoden der Heimerziehung kritisiert.
Es kommt zum revolutionären Aufbegehren der Heiminsassinnen gegen die Unterdrücker und deren regressive Strukturen. Es wurde auch ein Film auf Grundlage des Stückes gemacht. Eine Ausstrahlung fand dann jedoch nicht mehr statt, weil Meinhof Baader zur Flucht verholfen hatte und dann mit ihm geflohen war.<<

Adrian klärte weiter auf: >>Den Film kann man auch als Parabel der gesellschaftlichen Zustände unserer Zeit verstehen, denen es sich zu widersetzen galt. Schon da wurde ihre Einstellung klar, auch wenn sie nach Rudi Dutschkes Ermordung zunehmend kompromissloser und radikaler wurde.<<

>>Ulrike Meinhof war eine sensitive Frau, die das Schicksal anderer Menschen bewegte, und darauf schon mal mit nassen Augen reagierte.<<

»Ja, sie war eine wirklich faszinierende Frau, sie fehlt uns enorm, sie war doch so wichtig und ihr Weg ist so begreifbar.«, sagte Paolo.

»Ja, wir müssen ihr Werk und das der anderen weiterführen und nach dem Abi in den Untergrund gehen. Wir müssen die Strukturen weiter aufsprengen.«, erklärte Daniel.

»Getreu dem Credo: Indem Macht zu Unrecht wird, wird Widerstand zur Pflicht.«

»Wir können uns den Druck und die Fehlentscheidungen von oben nicht gefallen lassen. Wenn wir uns nicht gegen die Obrigen auflehnen und keine starke Gegenmacht von unten aufrecht halten, dann verkümmert der Widerstand im Keim.«

Amanda gab zu bedenken: »Ich finde es nicht gut, Gesinnung hin, Gesinnung her, dass sie ihre Kinder im Stich gelassen hat. Da kann man nicht gerade behaupten, dass sie über große Herzenswärme verfügt. Wer überlässt denn schon seine Kinder anderen Menschen?«

»Du erzählst vielleicht einen Quatsch, Amanda! Da kommt nur dein Mutterinstinkt durch. Die Sache ist es immer wert sich selbstlos einzusetzen. Ich fand ihren Kopf gut, die Führungsgruppe war zusammen genommen ein guter Kopf.«

»Und wie sie die BRD innenpolitisch aufgemischt hatten war schon klasse.«

\*

In den Herbstferien beschlossen Adrian, Michael und Daniel in die Tschechei zu fahren. Eine Freundin wurde überredet Haschischplätzchen zu backen, denn falls an der Grenze kontrolliert werden sollte,

war das die beste Art nicht aufzufallen. Sie hatten sechs Kekse für sich mitgenommen, die dann geteilt werden sollten.
Die Fahrt war ewig lang und danach verbrachten sie die Zeit damit Geschichten zu erzählen, zu diskutieren und abzuhängen. Der ganze Schulstress löste sich wie von selbst.

>>Ich freue mich schon so auf die Zeit nach der Penne.<<, erklärte Daniel. >>Dann gehe ich endgültig in den Untergrund.<<

>>Hast du denn schon Kontakt aufgenommen?<<, wollte Michael wissen.

>>Klar, habe ich Kontakt, ich bin bereits mittendrin. Man kann doch nicht alles so lassen wie es ist und den Tod von Baader, Ulrike und Gudrun so einfach hinnehmen. Man muss den Kampf weiterführen. Nur dafür lohnt es zu leben. Und ich will frei leben.<<

>>Wie kannst du denn frei leben, wenn du ein Leben im Untergrund wählst. Da bist du alles andere als frei. Es gibt auch andere Wege zu infiltrieren. Man muss nur den richtigen Beruf ausüben. Da kann man wahrscheinlich mehr erreichen als mit gewaltsamen Widerstand.<<, fand Adrian.

>>Das nutzt alles nichts. Befreiung der Unterdrückten geht nur mit Gewalt. Alles andere geht nicht. Ich will die Strukturen brechen, Menschen aufrütteln.<<

>>Und wo willst du leben? Was willst du tun?<<

>>Ich werde mich erst einmal ausbilden lassen. Mit der Waffe umgehen lernen. Ich will wissen wie man Bomben baut. Ich habe mir schon Utensilien besorgt. Christian hat mir eine Liste gegeben, was ich brauche. Wenn er in Frankfurt ist, dann wird er sie vielleicht brauchen, die haben eine kleine Aktion

vor und es ist besser wenn alles bei mir ist.<<

>>Du bist schon ausgestattet?<<

>>Ja, ich habe Drähte, Litzen, Wecker, Drahtwiderstände, verschiedene Chemikalien, wie Schwefel, Kalium-Nitrat, Glyzerin, Holzmehl und noch andere Sachen.<<

>>Dann wird es ja jetzt ernst. Oder?<<

>>Wieso erst jetzt? Mir ist die Sache verdammt ernst. Ich bin mittendrin in der sozialistischen Revolution. Für mich ist das eine Verpflichtung und ich werde alles mir mögliche dazu beitragen. Ich bin kein Duckmäuser, der nur zuschaut, wie der kleine Mann ein Leben hinnehmen muss, dass er nicht frei gewählt hat. Jeder Mensch soll die gleiche Chance bekommen!<<

>>Ich denke auch ein bisschen mehr gegen die faschistische Mentalität der Westdeutschen kann nicht schaden. Aber als Stadtguerillero zu leben? Klar auch ich bin gegen den herrschenden kapitalistischen Staat und den US-Imperialismus. Aber du gehst doch einen Schritt zu weit.<<, erklärte Adrian.

>>Ach, ihr versteht es nicht.<<

>>Doch, aber selbst bei meiner Bewunderung für Ulrike Meinhof, die Zeit hat sich überholt.<<

>>Nein, spätestens, wenn so ein Imperialistenschwein wie Reagen an die Macht kommt, dann wird der Kampf noch andere Formen annehmen.<<

>>Du weißt, wie dein Ende sein wird. Es endet entweder mit Tod oder Haft. Und du weißt, wie damals die Haftbedingungen für alle RAF-Mitglieder waren.<<

>>Unzumutbar! Ulrike und die anderen in Isolationshaft, waren dem Nichts ausgesetzt, fast wie ein Schrei, nicht gehört zu sein, lautlos, grausam, quälend.<<

>>Du willst also antiimperialistischen Kampf, wie

Ulrike einmal sagte: Vernichtung, Zerstörung, Zerschlagung dieses Herrschaftssystems.<<

>>Genau: politisch, ökonomisch, militärisch.<<

>>Ich hoffe nur, dass du die Situation nicht falsch einschätzt. So sicher wie die damals leben konnten ist das heute nicht mehr. Die Staatsgewalt hat daraus gelernt. Ihr werdet es schwer haben.<<

>>Das ist eine umso größere Herausforderung. Aber auch wir haben gelernt. Wisst ihr, ich habe es einfach leid Schoßkind der Gesellschaft zu sein, nur weil ich im richtigen Bett geboren bin und mir alles offen steht. Dem Proletarier steht nicht alles offen. Wenn er Pech hat, dann ist er in sein Schicksal hineingeboren, ohne jemals etwas daran ändern zu können. Ich will mich für die Unterdrückten hier und in Lateinamerika einsetzen. Wir kämpfen dort alle um die gleiche Sache. RAF heißt dem Volk dienen, den Proletarier befreien, den Widerstand zu organisieren. Und wenn man gefasst wird in den Hungerstreik treten, es gibt immer Waffen sich zur Wehr zu setzen.<<

>>Ich kann mich noch erinnern, dass ich mal gelesen habe, dass Ulrike Meinhof gesagt habe, dass Terrorismus die Zerstörung von Versorgungseinrichtungen wie Deichen, Wasserwerken, Krankenhäuser und Kraftwerken ist, weil die amerikanischen Bombenangriffe gegen Nordvietnam dort hin abzielten.<<

>>Aber sie sagte auch, dass eine Stadtguerilla immer mit der Angst der Massen operiert. Gegen die Bevölkerung wird es sich nicht richten. Ich bin mir der Gefahr durchaus bewusst und nehme sie in Kauf.<< führte Daniel weiter aus. >>Eine so starke Linke, wie es sie heutzutage gibt, ist sehr wichtig. Hätte es die vor dem Zweiten Weltkrieg gegeben, dann hätte es wahrscheinlich weder ein Warschauer

Getto, noch napalmbrennende Kinder gegeben. Auch kein Hiroshima oder Nagasaki. Für mich bedeutet dieses Leben, alte Strukturen hinter mir zu lassen, mich nicht von meiner Herkunft determinieren zu lassen. Selbst wenn ich meine Familie nicht wieder sehen sollte. Mir ist nichts so wichtig, wie das, was ich noch tun werde. Selbst nichts zu besitzen und Illegalität ist besser, als was ich haben würde, wenn ich diesen eingefahrenen Trott würde. Mein Leben ist mir dafür einfach viel zu schade.<<

Am dritten Tag, ohne dass es jemand bemerkte, machte sich Daniel über die Kekse her, aß drei Stück, von denen jeder Keks ein Gramm Haschisch beinhaltete.
Daniel setzte sich in die Ecke und mümmelte die Kekse in sich hinein. Anders als erwartet, setzte die Wirkung sofort ein. Aus dem anfänglichen lustigen Lachflash, der ihn überkam, wurde böse Paranoia. Der Stuhl, auf dem er saß wuchs in überdimensionale Größe, der Boden unter seinen Füßen wich immer weiter weg, bis der Boden 100 Meter weit entfernt schien. Alle Dimensionen lösten sich auf, alles drehte sich, er war völlig frei, ohne Kontrolle, was mit ihm passierte. Der Druck der Umwelt lastete auf ihm, die Luft wurde immer dünner, immer knapper, er fühlte sich fast erstickt, dass Herz schlug so laut, dass er kein anderes Geräusch vernahm.
Er versuchte klar zu denken, aber es funktionierte nicht. Er ließ sich einfach fallen, einfach gehen. Der Kreislauf klappte zusammen und er wurde fast ohnmächtig. Adrian und Michael wussten sich zunächst keine Erklärung, schauten nach den Keksen, bis ihnen klar wurde, was passiert war.
    >>Adrian, such nach Zucker. Wir müssen ihm

Zuckerwasser einflößen.<<

>>Hier ist nur Sprudelwasser, ich finde sonst nichts.<<

>>Bloß nicht, das wäre tödlich, der bekommt durch die Kohlensäure gar keine Luft mehr.<<

Sie harrten aus, wussten, es würde vorbeigehen, blieben bei ihrem Freund. Der Flash ebbte irgendwann langsam ab, kam in Wellen immer wieder zurück.

\*

Die Zeit der Pilze war gekommen. Auch die der Fliegenpilze. Und dieses Jahr wollten sie es probieren. Adrian war gern in freier Natur, hatte einen Platz entdeckt, wo herrlich rote Fliegenpilze wucherten. Sie hatten sich schlau gemacht, hatten gelesen, dass die Köpfe zu hochdosiert waren, dass man nur die Stile konsumieren sollte.

Der Tag war gekommen. Adrian traf sich mit Michael, um zu probieren, was es für ein Gefühl machen würde.

Es war ein kalter Tag, man musste die Heizung aufdrehen. Im herrlich gewärmten Zimmer saßen sie nebeneinander auf seinem Bettsofa und zerkleinerten zunächst den Stil.

Sie hatten gelesen, dass frischer Pilz besser sei als der getrocknete. Man musste aber vorsichtig sein, es sollte zunächst immer erst eine kleine Dosis genommen werden.

Sie waren gespannt, was mit ihnen passieren würde. Aber sie waren versessen auf dieses Rauscherlebnis. Jeder nahm ein Stückchen in den Mund, kaute es und spuckte es aus.

Die Wirkung setzte nach fünf Minuten ein und kam gewaltig.
Den ganzen Körper überzog ein Phlegma, sie saßen nebeneinander und sprachen nicht mehr, das Ticken der Uhr wurde unerträglich laut. Adrian nahm sie und legte sie unter das Kopfkissen. Zu laut und störend empfand er jedes Geräusch, selbst das, was sonst nicht laut war. Es war einfach nur ein Dröhnen. Er wollte seine Ruhe haben, einen Schalter finden womit man die Geräusche ausknipsen konnte. Aber er nahm alles wahr. Genoss das intensive Gefühl, welches er hatte. Auch Michael schien ähnlich zu empfinden, war aber viel gleichmütiger und hing nur noch in der Ecke des Bettes.

\*

Die Oberstufenzeit war zu Ende. Adrian war als Schulsprecher dazu berufen die Abschlussrede für die Schüler zu halten.

>>*Wie uns der Schulleiter, Herr Schilling, gerade mitteilte, haben wir seit 1970 das beste Abitur mit einer Durchschnittsnote von 2,38 erreicht.*
*So sind wir ähnlich bewertet worden wie Wein. Wir sind ein guter Jahrgang: vielleicht hat das zur Folge, dass unsere Arbeitskraft ebenso gefragt sein wird, wie ein guter Tropfen.*
*Etwa die Hälfte der Schüler haben eine Lehrstelle, manche wollen studieren, die meisten können der Zukunft getrost in die Augen sehen.*
*Aber es gibt auch Schüler, die gerne studieren möchten, es aber nicht können, da das Bafög eine notwendige Grundlage wäre.*

*Als Schüler haben wir oftmals die Erfahrung gemacht, dass wir nicht alles bekommen haben, was wir wollten, wie zum Beispiel einen schöneren und größeren SV-Raum - aber im Herbst soll es ja endlich so weit sein.*
*Mit diesen Erfahrungen, die wir gemacht haben, sollten wir die Studenten unterstützen, das Beste zu geben. Auch für diejenigen, die jetzt eine Lehrstelle haben, hoffen wir, dass sie den beruflichen Anforderungen gerecht werden. Und obwohl die Lehrstellen immer knapper werden, hat dennoch, wie Herr Schilling berichtete, jeder der Schüler dieses Jahrganges seinen gewollten Lehrplatz gefunden.*
*Die Jungen werden sich wohl zum Großteil erst einmal dem Dienst am Gewehr oder dem Zivildienst widmen. Ich hoffe für jeden, dass er da für sich die richtige Entscheidung getroffen hat. Aber dies sollten wir an einem anderen Ort besprechen.*
*Früher war das Abitur die Garantie für eine gehobene Stellung in der Gesellschaft, ebenso wie die folgende Ausbildung die Möglichkeit ein höheres Gehalt zu erzielen. Aber es hat sich in der Vergangenheit alles verändert. Wir gehen jetzt hinaus in ein neues, uns zum Großteil unbekanntes Leben.<<*

Alle Frauen bekamen eine rote Rose und die Jungs erhielten eine Zigarre. Die Veranstaltung war zu Ende, ein neuer Lebensabschnitt würde anfangen.
Man entschied sich am Abend ins Korinth zu gehen, um dort das bestandene Abitur zu feiern.
Adrian war schon vorgefahren und Amanda fuhr mit Michael dort hin. Als sie dort ankamen stand Adrian allein an der Bar und trank ein Bier.
Amanda sah ihn stehen und war wie verzaubert, sein Profil, sein zartes Gesicht, sein schlanker Körper.

`Oh wie sehr liebe und begehre ich dich`, dachte Amanda.
Sie wusste nicht, wie es jetzt weitergehen würde, jetzt wo sie sich nicht mehr jeden Tag in der Schule würden sehen können. Wie sehr hatte sie sich jeden Tag drauf gefreut ihn zu erblicken, auch wenn sie nur einen Blick auf ihn erhaschen konnte. Schon dies machte sie glücklich.
Adrian sah zu ihr herüber und lächelte sie an. Wie magnetisch von ihm angezogen, ging sie zu ihm hin.
>>Jetzt ist es geschafft. Oder?<<
>>Scheint so.<<
Dann standen sie schweigend nebeneinander.
>>Adrian, meine Eltern sind ihm Urlaub. Wollen wir zu mir nach Hause fahren? Ich brauche diesen Rummel hier heute nicht.<<
>>Du willst mit mir vögeln?<<, fragte er sie unverblümt.
Amanda schluckte und wurde rot.
>>Wenn du es so nennen willst. Es wäre für mich der schönste Abschluss dieses Tages.<<
>>Gut, ich würde heute gerne mit dir vögeln.<<, er nahm sie am Hinterkopf und zog sie zu sich heran und küsste sie.

Bei ihr angekommen, nahmen sie zunächst ein Bad. Adrian benutzte keine Seife oder Duschgel, da sei Formaldehyd drin. Sie wusste es bereits. Sie blieb noch länger in der Wanne, um sich zu seifen und die Haare zu waschen. Dann ging sie zu Adrian, der schon im Bett der Eltern lag.
Sie beugte sich über ihn und gab ihm einen Kuss. Er schlug die Decke beiseite und sie erblickte das erste Mal seine große Männlichkeit. Für seinen schlanken Körper war er von erstaunlichem Ausmaß.

>>Gott ist der groß<<, entfuhr es ihr.
Er war begeistert von ihren wunderbaren Brüsten, die er in seine Hände nahm.
>>Ja, fass sie an, sie gehören nur dir.<<
Er drückte sein Gesicht in sie hinein, saugte sie abwechselnd. Sie zog sein Gesicht an ihren Körper heran.
>>Ja, nimm sie fest zwischen dich, das mag ich, es ist wunderbar.<<
Er spürte wie sie ihn an sich presste, spürte seinen Wol an ihrem Körper.
>>Du bist wunderschön.<<, bewunderte er sie.
Er spürte wie sein Wol anschwoll, sie war ganz dicht bei ihm. Sie hatte es wohl gespürt, ihre Hände griffen nach unten und umschlossen ihn.
>>Ja, Adrian, ich will ihn spüren.<<
Wunderbar waren ihre Griffe, immer mehr schwoll er an, immer stärker war seine Lust, immer stärker wurde ihre Lust. Sie bewegte die Hand vor und zurück.
>>Der ist ja riesengroß.<<, meinte sie anerkennend.
Mit ihrer Hand darum pulsierte das Blut in seinem Wol, wallte in ihren Körpern. Wie gebannt starrte er auf ihre Hand, wollte zusehen, wie sie ihn rieb, dann näherte sich ihr Kopf, sie leckte seine Eichel. Er drohte zu explodieren. Schon der Mund um seinen Wol erweckte in ihm das Gefühl, als wolle er ihn in sie hineinschieben. Er drückte sich nach vorne zu ihren Lippen, die sie nun weiter öffnete und schob ihn tief in sie hinein. Er bewegte sich vor und zurück, fand seinen Takt. Fest hatte sie ihre Lippen um ihn geschlossen und er stieß bis zum Anschlag in sie hinein.
>>Langsam, ich will mehr von dir, sei nicht so

schnell.<<

>>Was meinst du?<<

>>Ich will dich erkunden, ich will deine Eier.<<

Sie nahm ihn wieder in ihre Hände, nicht zu stark, dennoch bewegte sie ihre Hand im gleichen Takt, wie er zuvor in ihren Mund gestoßen hatte. Ihr Kopf ging nach unten. Sie umspielte mit ihrer Zunge seine Eier, die Hand bewegte sie rhythmisch weiter. Ganz sanft und erkundend war ihr Lecken, wie sie um sie spielte, wie sie an der Naht entlangfuhr und zu seinem Wol zurückkam. Auf und ab. Er hatte seine Augen geschlossen, wollte nur noch genießen. Sie legte sich nun zwischen seine Beine. Er spürte die Nässe ihres Speichels. Wieder näherte sie sich seinem Wol. Umschloss ihn mit ihrem Mund, bewegte sich vor und zurück, leckte seine Eichel, an seinem Schaft entlang bis sie wieder nach unten ging.

Er konnte sich nicht mehr zurückhalten. Er pulsierte, er fühlte wie sein Saft in seinem Wol aufstieg und dann ließ er es raus.

Sie bekam die ganze Ladung in den Mund.

>>Oh, es schmeckt gut.<<, leckte sie sich die Lippen.

Sein Kopf war leer, er verschränkte die Arme im Nacken und machte die Augen zu. Amanda kam nach oben und kuschelte sich an seinen schlanken Körper, legte ein Bein über seine Beine, mit einem Arm umfasste sie seine Schultern.

Sie schliefen beide ein Weilchen ein, dann spürte er wie ihre Hand ihn streichelte. Er öffnete die Augen und schaute sie an. Er hob ihren Kopf nach oben.

>>Du bist wirklich eine scharfe Frau.<<

>>Danke, es ist schön das von dir zu hören, aber du machst mich so sehr an.<< Und ich liebe ihn, dachte sie.

Ihre Gesichter näherten sich. Er schob ihre seine Zunge in den Mund. Sie schmeckte eigen und roch noch nach seinem Sperma. Sie hatte alles in sich behalten, den ganzen Saft, den er ihr gegeben hatte. Er streichelte ihr Gesicht, noch immer war sie ganz erhitzt. Er spielte mit ihren langen Haaren, drehte Locken, fuhr ihren Rücken entlang.

>>Das ist meine erogene Zone.<<
>>Und wo noch?<<
>>Finde es heraus.<<, forderte sie ihn auf.

Er drückte sie auf die Seite, umfasste ihre Brüste. Sein Wol lag auf ihm, er schlief noch. Er drehte sich zu ihren Brüsten und fing an sie zu küssen. Er nahm ihre Nippel zwischen seine Lippen, saugte sie langsam, ließ sie immer wieder herausgleiten.

>>Ist das gut so?<<
>>Ja, hör nicht auf.<<

Fest hielt er sie in seinen Händen, bewegte sie aufeinander zu, schüttelte sie, saugte an ihnen und biss hinein. Er fuhr zu ihrem Bauch, leckte ihren Nabel. Er streichelte ihren Körper, ihren Bauch, die Hüften, ihren Po entlang zu ihren Beinen, bis er zu ihrem Fließ kam. Er spielte eine Weile mit ihrem Schamhügel, griff ihr zwischen die Beine. Er fühlte das erste Mal ihr nasses Etwas. Ihre Schamlippen lagen noch ineinander, doch sie öffneten sich durch seine Bewegung. Ihre Ita war klein und hart. Er drückte den Mittelfinger auf sie.

>>Pass auf, ich bin da sehr empfindlich.<< Er spürte ihre Hand auf seiner.

>>Ich zeige dir, wie ich es am liebsten habe.<<

Ihre Finger drückten gerade auf den Mittelpunkt, rückten ein wenig nach oben.

>>Das Köpfchen musst du immer frei lassen. Guck, hier ist es richtig, spürst du es?<<

Sie hatte ihn zu dem Punkt geleitet, der für sie richtig war.

>>Jetzt kannst du fest drücken. Reibe mich.<<

Seinen Mittelfinger drückte er in kreisender Bewegung gegen sie. Ihre Schamlippen bewegten sich im Rhythmus mit. Er näherte sich mit seinem Mund ihrer Öffnung und nahm die andere Hand zur Hilfe, um ihre Schamlippen auseinander zu bringen. Er leckte ihre Mita auf und ab, bis er ihre Öffnung nahm. Er machte seine Zunge ganz hart, um in sie hineinstoßen zu können.

>>Schneller, Adrian, stoß schneller.<<

Sie nahm seine Hand von ihrer Ita weg und rieb sich selbst, wie sie es zuvor gezeigt hatte.
Sie drückte ihn fest, um seine Zunge noch tiefer in sich eindringen zu lassen.

>>Mach mich auseinander, Komm, es zerreisst mich.<<

Sie lag völlig offen vor ihm, Sie lag da und stöhnte. Er wollte seine Finger benutzen, obgleich sein Wol wieder ganz hart war. Nun ertastete er ihr Inneres mit seinen Fingern, spürte dort das warme feuchte Fleisch. Glitt vor und zurück.

>>Nimm noch einen Finger, fülle mich ganz aus.<<, bat sie ihn.

Seine Finger waren von ihrer Nässe umhüllt. Er schaute zu, wie er sie in sie hineinstieß.
Sie atmete schwer und heftig, fühlte dass sie gleich kommen würde. Schon war es so weit. Ihre Mita krampfte sich zusammen und Gänsehaut überkam ihren Körper.

>>Adrian, ja, das ist schön. Ja, das ist schön.<<

Er zog die Finger raus und legte sich auf sie drauf. Er spürte noch die Zuckungen ihrer Mita, als er seinen Wol in sie einführte. Er fand seinen Weg nur schwer hinein. Er war zu groß für sie, aber er suchte sich seinen Weg.

Dann bewegte er sich auf und ab, ganz langsam, ganz sachte. Sie drückte sich ihm entgegen, wollte ihn fühlen, ihn tief in sich haben. Sein Körper wurde ganz nass, sein Herz fing schneller an zu schlagen.

Er hörte kurz auf sich zu bewegen, sie nahm sein Gesicht in ihre Hände, zog seinen Kopf zu sich herunter und küsste ihn. Seine grünen Augen, seine langen Wimpern, die sie im Dämmerlicht nur schemenhaft wahrnahm. Alles an ihm war ihr so vertraut, so selbstverständlich, als hätten sie nie etwas anderes miteinander getan. Sie umarmte ihn und er stieß sie im sanften, zärtlichen Rhythmus weiter. Es war so wunderschön, so zart, so vertraut.

Dann schaute er sie wieder an, hielt inne und seine Bewegungen wurden heftiger. Sie spürte wie ihr Orgasmus sich näherte.

>>Adrian, ich komme, ich komme schon wieder.<<

>>Ich auch<<, sein Körper schüttelte sich.

Die vertraute Nacht hatte kein Ende, sie legten sich ineinander gekuschelt auf die Seite.

>>Amanda, es ist wunderschön mit dir. Aber es wird unsere einzige Nacht bleiben, ich werde am Wochenende nach Amerika reisen, ich habe beschlossen, dort zu studieren, wir werden uns nicht wieder sehen.<<

Stundenlang hatte die Beweisführung gedauert, immer wieder wurden Zeugen aufgerufen, die über Adrians Leben und das des >>Opfers<< befragt wurden. Marion saß ganz hinten im Zuschauerraum und wartete wohl genauso gespannt auf das Urteil wie er selbst. Die Anklage lautete: >>Herr Adrian Schönwand , genannt Master Decus, ist angeklagt, Frau Marion Reifschneider vorsätzlich und schuldhaft am 24.03.2004 ihrer Freiheit beraubt zu haben, um sich so mehrmals an ihr zu vergehen und der Körperverletzung gemäß §§ 177, 239, 240, 53 schuldig zu sein.<<
Marion hatte in den schillernsten Farben erzählt, wie es sich zugetragen haben sollte, hatte keine Träne gescheut, um die Anklagepunkte zu untermauern. Dabei hatte sie Adrian zuvor signalisiert, dass sie das sexuelle Abenteuer genauso gern wolle wie er. Adrians Zeugen hatten das bestätigt. Nur sie wollte anschließend mehr, aber er nicht. Für einen One-Night-Stand war sie sich wohl zu schade und die Erfahrung die sie gemacht hatte, war offensichtlich zu viel für sie. Adrian hatte ihr nichts versprochen, ihr Ego war angeknackst.
Jetzt saßen sie da und die Tür ging auf. Amanda und die Schöffen betraten den Raum. Alle erhoben sich von den Plätzen. Amanda verkündete das Urteil:
>>Der Angeklagte Adrian Schönwand wird freigesprochen.<<
Adrian fiel ein Stein vom Herzen. Dieses Urteil hatte er erhofft. Deutlich spürte er seinen Herzschlag, der sich nun beruhigte. Alle setzten sich nieder, um die Urteilsbegründung zu hören. Man hatte die Aussagen der Zeugen für so gewichtig empfunden, dass die Anschuldigungen von Marion nicht mehr haltbar waren.

Adrian hatte die Erfahrung gemacht, dass eine Sache eine Eigendynamik entwickeln konnte, dass eine Frau mit Rache reagieren konnte, wenn man ihre Wünsche nicht erfüllte und sie sich völlig unberechtigt ausgenutzt fühlte. Er wollte diesen Eindruck nicht bei ihr erwecken, aber für ihn war klar das Sex mit Marion die einzige Intension war, mehr wollte er nicht mit ihr, mehr hatte sich nun mal nicht ergeben. Es war ihm eine Warnung. Er überdachte die letzten Verhandlungstage, war gedankenversunken, schaute nochmals nach vorne, schaute in dieses vertraute Gesicht, das er jahrelang nicht mehr vor Augen gehabt hatte. Ahnte nicht, dass die Frau, die hier über ihn richtete, mit Herzklopfen bebte während all der Verhandlungszeit, weil sie ihn so lange nicht mehr gesehen hatte, er ihr aber immer im Kopf war, in ihrem Herzen war, die Lust sie peinigte, voller Verlangen nach diesem Mann, nach Adrian, der immer in ihren Gedanken immer ihr heimlicher Liebhaber war.
So saß sie da in ihrer Robe, Amanda, und sie schienen aufeinander zu wirken, obgleich sie noch kein einziges, privates Wort miteinander gesprochen hatten. Aber es gab diese Spannung zwischen ihnen. Eine Spannung, die sie schon in der Oberstufe verspürt hatte, und auch selbst wenn er es nicht richtig interpretiert hatte, spürte das Knistern, das in der Luft lag.
Die Hauptverhandlung war zu Ende, alle gingen aus dem Saal. Adrian stellte sich noch zu seinem Verteidiger vor den Raum, um noch einmal kurz zu resümieren. Der Saal lehrte sich. Im Gerichtsgebäude war es fast leer, denn es war Freitagnachmittag. Amanda kam als letzte aus dem Beratungszimmer, ging an den beiden vorbei, direkt zum Aufzug. Er

nahm sie das erste Mal völlig bewusst war. Sie trug ein eng anliegendes, blaues, klassisches Kostüm, das ihre schlanke Figur unterstrich. So stand sie eine Weile am Aufzug, wartete, dass er kommen würde. Adrian beobachtete sie. Sie musste es bemerkt haben. Ihr Gesicht errötete, sie fuhr sich fahrig durch ihr Haar. Bevor sie einstieg, drehte sie noch einmal ihrem Kopf. Ein Lächeln umspielte Adrians Mund, als er sie so anblickte. Dann schloss sich die Tür.
Für Adrian schien es, als sei der Tag gelaufen, er hatte das Gefühl, als müsse er feiern, so befreit und glücklich fühlte er sich. Aber alle Bekannten waren gegangen und sein Rechtsanwalt hatte einen Termin. Er verließ das Gerichtsgebäude. Draußen angekommen, schaute er sich um, ob er Amanda würde entdecken können.
Vergeblich, dabei hätte er so gern noch einmal mit ihr gesprochen. Er ging zu seinem Wagen, fuhr zu dem Weg, der das Gerichtsgebäude von dem Parkplatz trennte. Hier müsste sie vorbeikommen, sollte sie nach ihm das Gebäude verlassen haben.
Adrian wartete schon eine ganze Zeit, als er sie erblickte. Er parkte seinen Wagen und stieg aus.

>>Amanda, ich will mich bei dir bedanken.<<, begann er das Gespräch.

>>Für was?<<, fragte sie.

>>Für deine Unvoreingenommenheit und Fairness.<<

>>Ich weiß nicht, was du meinst.<<, sagte sie ernüchternd.

>>Das Urteil hätte auch anders ausfallen können.<<

>>Ja, aber die Zeugen konnten die Anschuldigungen entkräften. Du hast es bereits in meinen Ausführungen gehört.<<

>>Das ist mir schon klar, ich hatte dennoch Bedenken. Ich gebe zu, dass ich ziemlich nervös war und wirklich nicht wusste, wie du auf das alles reagieren würdest.<<

>>Denkst du, mir fehlt es an Urteilsvermögen?<<

>>Nein, das wollte ich nicht zum Ausdruck bringen. Ich wollte mich einfach nur bedanken, dass du die Sache so objektiv gesehen hast. Es war doch bestimmt keine einfache Situation für dich, du hättest den Fall auch abgeben können. Und dann auch noch die Aussage von Marion, du bist schließlich auch eine Frau...<<

Das Gespräch ging in eine Richtung, die Adrian eigentlich nicht beabsichtigte.

>>Ich kann mir denken, was du hast empfinden müssen, aber du hattest ja Glück und auch wir, die wir darüber haben urteilen müssen, denn es ist oft gar nicht so einfach zu klären, was denn jetzt stimmt.<<

>>Jedenfalls ist mir ein Stein vom Herzen gefallen als ich das Urteil hörte und deshalb, und halte mich jetzt nicht für unsensibel, möchte ich dich gerne zum Essen einladen.<<

>>Ich glaube, dass wir uns keinen Gefallen tun. Du willst doch nicht, dass man mich für bestechlich hält, oder? Es wäre zu gefährlich.<<, meinte sie

Jetzt überzog ihr Gesicht endlich ein Lächeln. Zuvor hatte sie noch ziemlich unnahbar ausgesehen.

>>Um Gotteswillen. Daran habe ich überhaupt nicht gedacht.<<

>>Tja, du hast ja gesehen, was so alles kommen kann, wenn man auch nicht nachdenkt.<<

>>Du bringst es auf den Punkt.<<, sagte Adrian.

>>Nichtsdestotrotz wäre ich sehr froh, wenn wir uns doch einmal wieder sehen könnten, und zwar auf

einer anderen Ebene als hier. Du könnest auch ein paar andere Fassetten an mir entdecken, wie du ja weißt, gibt es auch andere Seiten an mir.<<
>>Das weiß ich.<<
Er holte aus seiner Sakkotasche eine Visitenkarte hervor.
>>Ich weiß zwar, dass du meine Adresse bereits kennst, aber sie nicht in den Akten lesen zu müssen, ist schon etwas anderes. Außerdem steht hier meine private Durchwahl vom Büro darauf.<<, erklärte er ihr.
Sie nahm die Karte, ohne drauf zu schauen: >>Okay Adrian, ich wünsche dir weiter alles Gute und feiere noch schön, aber pass diesmal auf dich auf.<<
>>Ja, aber lass von dir hören, ich würde mich wirklich sehr freuen.<<
Sie gab keine Regung von sich, liess ihn völlig im Ungewissen. Sie verabschiedeten sich und gingen getrennt zu ihren Wagen. Er drehte sich noch einmal nach ihr um. Sie ging, schaute sich die Visitenkarte an und lächelte. Sie wusste ja nun sehr viel über ihn. Er von ihr hingegen gar nichts mehr.

*

Adrian saß an seinem Schreibtisch, um den Terminplan für die nächste Woche durchzusehen, als das Telefon klingelte.
Diese Abendanrufe waren meist von ganz besonderer Güte, häufig Kunden, die mehr Zeit im Büro verbrachten als zu Hause. Aber vielleicht war es ja auch was Wichtiges, die Nummer war im Display nicht zu erkennen, so entschloss er sich ans Telefon zu gehen.
>>Schönwand, Meier und Harsteiner, Schönwand

am Apparat.<<, meldete er sich.

>>Halloooo...<<, hauchte eine Frauenstimme durch das Telefon.

>>Ja bitte?<<

>>Wie geht es dir?<<

>>Wer spricht denn da?<<

>>Erkennst du mich denn nicht?<<, fragte die Stimme amanderen Ende der Leitung.

>>Nein, sollte ich? Verraten Sie mir doch einfach ihren Namen.<<

>>Nein, das wäre zu einfach.<<, meinte sie.

>>Und was kann ich für Sie tun?<<

>>Ich glaube eine ganze Menge, aber frag mich doch lieber was ich für dich tun kann.<<, forderte sie ihn auf.

>>Da ich nicht weiß, wer sich hinter dieser Stimme verbirgt, kann ich mir kaum vorstellen, was Sie für mich tun können.<< meinte er. >>Hatten wir denn schon geschäftlich miteinander zu tun?<<

>>Vielleicht.<<

>>Und was verschafft mir nun das Vergnügen Ihres Anrufs?<<, wollte er noch immer wissen.

>>Ich wollte nur ein Weilchen mit dir plaudern.<<

>>Dann verraten Sie mir doch ihren Namen.<<

>>Nein, das nimmt uns doch sonst die Spannung.<<

>>Dann geben Sie mir doch einen Tipp. Wie sehen Sie denn aus?<<

>>Wie hättest du denn gerne, dass ich aussehe?<<

>>Ach, ich bin da nicht festgelegt.<<, ihm war das schon sehr merkwürdig. Was sie von ihm wollte, war ihm nicht klar, so etwas hatte er noch nie erlebt. Wollte ihm da jemand eine Falle stellen?

>>Also, dann werde ich es auch nicht verraten, du wirst es noch früh genug sehen.<<

>>Ach ja, und wann?<<

>>Wenn ich weiß, ob dein Wol hart genug ist mich zu beglücken.<<

Adrian blieb die Spucke weg, er schluckte. >>Wie?<<

>>Du hast richtig gehört. Ich will deinen Wol. Ich träume schon jede Nacht von dir und deinem herrlichen Wol, wie er in mich eindringt.<<

>>Also, jetzt hören Sie mal, wie kommen sie dabei gerade auf mich? Wo haben Sie denn überhaupt diese Nummer her?<<

>>Wenn ich dir das verrate, weißt du gleich, wer ich bin. Aber ich werde es dir erst sagen, wenn ich sicher bin, dass er ganz hart ist.<<

>>Wie soll er denn hart werden, wenn ich noch nicht einmal weiß, was der Anlass dafür ist.<<, sagte er, um eine Antwort zu entlocken.

>>Meine Stimme soll dich anturnen, nur meine Stimme. Alles andere kommt später.<<

Adrian war in der Tat durch sie schon fürchterlich erregt. Sein Wol pulsierte und hämmerte gegen seine Hose. Er drückte seine Hand gegen seinen Pint. Er antwortete nicht. Er überlegte, was er tun sollte. Sollte er in der Tat auf dieses Gespräch eingehen, von dem er nicht wusste, was sich überhaupt dahinter verbarg? Zumindest war ihm eines klar. Er kannte diese Frau nicht. Er hätte sich doch bestimmt an ihre Stimme erinnert, oder nicht?

>>Was ist? Gefällt dir dieses Spiel nicht? Ich hätte dich anders eingeschätzt.<<, säuselte sie durch das Telefon.

>>Wieso, wie kommen Sie darauf?<<, siezte er sie immer noch.

>>Du kannst mir ruhig vertrauen, ich weiß, wir beide wollen nur dasselbe.<<, meinte sie überzeugend.

>>Okay, dann erzähl mir was.<<, forderte er sie verbindlich auf und wenn sie das unbedingt wollte, dann sollte sie mit der Sprache herausrücken.

>>Ich sagte dir ja bereits, ich will dich, ich will deinen Wol und dafür bekommst du mich. Ich will, dass du deinen Wol reibst. Ich will hören wie es dir kommt und dann sage ich dir wo ich bin.<<

>>Wenn du das willst, dann bring mich doch dazu.<<

>>Hast du deinen Wol in der Hand?<<, wollte sie wissen.

>>Nein, noch nicht, er pulsiert in meiner Hose.<<, ging Adrian nun endlich auf das Gespräch ein.

>>Nimm ihn heraus, ich möchte hören wie du ihn wichst.<<

Er öffnete den Reißverschluss, schob seine Hand nach unten und holte ihn raus.

Sie musste es gehört haben:

>>Das ist gut. Nimm ihn jetzt in die Hand und stell dir vor, es ist meine Hand. Spürst du das?<<, wollte sie wissen.

Und wie er sich das vorstellen konnte. Ihre Stimme war ja so dicht an seinem Ohr. Sein Wol hatte schon seinen Freudentropfen auf seinem Köpfchen.

>>Ja, ich spüre deine Hand<<, bestätigte er.

>>Stell dir vor, du greifst jetzt an meine Mita. Sie ist schon ganz nass.<<

Adrian stöhnte auf. Nur zu gut konnte er sich ihre Mita vorstellen, sie war wahrscheinlich genauso nass wie sein Wol.

>>Ja, fass an meine heiße Mita, mach sie auf, sie wartet nur auf dich.<<

Diese Situation turnte ihn an, er spürte seinen Saft, er war übererregt.

>>Ja, zeig mir dein heißes Delta, ich will meinen

Saft hineinschießen.<< Sein Saft stieg nach oben.

>>Ich mache meine Beine breit, ich warte auf deinen Saft, ich laufe schon aus. Gib ihn mir!<<, forderte sie ihn auf.

Schon spritzte es aus ihm heraus, mitten auf seinen Schreibtisch. Er stöhnte seine Lust aus sich heraus.

>>Gib es mir, gib mir deinen Saft.<<, unterstützte sie ihn.

Er war erledigt. So schnell war er schon lange nicht mehr gekommen. Ihm war es selbst völlig unverständlich. Er lehnte sich zurück in seinen Stuhl, genoss die Taubheit in seinem Kopf. Sie ließ ihn ruhen, ließ ihm die Zeit, sich zu erholen.

Er hörte ihren Atem an der anderen Leitung, wie er schneller wurde, wie es ihr wohl kam, aber sie sagte jetzt nichts mehr. Als sie fertig war hörte er nur ein Klick.

>>Hallo?<<, fragte er. Er wollte ihre Stimme wieder hören.

Aber es kam keine Antwort.

>>Hallo?<<, fragte er noch einmal, aber wieder blieb es amanderen Ende der Leitung still. Auf einmal hörte er das Besetztzeichen. Sie hatte aufgelegt.

Lange hatte er überlegt, wer hinter diesem Anruf stecken könnte, aber so sehr er sich auch bemühte, er kam nicht darauf. Von nun an blieb er länger im Büro, nur um ihren Anruf nicht zu verpassen. Aber sie ließ ihn lange warten. Als er schon gar nicht mehr daran glaubte, dass sie sich noch mal melden würde, klingelte das Telefon.

>>Hallo?<<
meldete er sich.

>>Hallooo.<<
ertönte ihre Stimme von der anderen Leitung. Er

hatte sie gleich erkannt.

>>Ach, du bist es. Ich habe schon lange nichts mehr von dir gehört.<< Er war fast sauer, als ob er ein Recht darauf hatte, dass sie ihn anrufen würde.

>>Hast du mich vermisst?<<, wollte sie wissen.

>>Was willst du hören?<<, fragte er sie.

>>Die Wahrheit. Ich weiß ja, dass ich dir gefehlt habe. Gib es zu. Du hast mir auch gefehlt.<<

>>Ja, ich habe auf deinen Anruf gewartet. Du hast mich ja ziemlich schroff verlassen.<<

>>Ich wollte, dass du dir klar wirst, ob du dich darauf einlassen willst oder nicht.<<

>>Wie sollte ich mich entscheiden können, wenn du mir keine Möglichkeit lässt, mich zu äußern.<<

>>Willst du mich sehen?<<, wollte sie wissen.

>>Ja, natürlich>>

>>Warst du mir auch treu?<<

>>Muss ich das denn sein?<<

>>Ja, ich will, dass du mir treu bist. Von der ersten bis zur letzten Sekunde unseres Zusammenseins.<< Sonst schreckte ihn eine solche Aussage eher ab, aber bei ihr war es okay, bei ihr würde er sich sogar darauf einlassen. Er wusste nicht wieso, aber er wusste, es würde mit ihr etwas ganz Besonderes sein.

>>Ich werde dir treu sein, wenn du es willst. Aber gib mir die Gelegenheit dazu, dass ich es auch sein kann.<<

>>Bist du mit der Arbeit fertig?<<, wollte sie wissen.

>>Ja, bin ich.<<

>>Gut, dann komm.<<

>>Wohin?<<

>>In den zweiten Stock, Zimmer 26.<<

Jetzt dämmerte es ihm, es durchfuhr ihn wie ein

Blitz. Es war die Richterin. Es war Amanda.
>>Nein, das ist nicht möglich.<<, sagte er noch immer erstaunt.
>>Doch genau so ist es.<<
>>Gut, ich bin gleich da.<<
Er konnte es nicht fassen. Schnell räumte er alles zusammen, ging hinunter zum Wagen und fuhr zum Gericht.
Es war schon ziemlich dunkel, dennoch schaute er sich um, ob ihn jemand beobachtete. Aber es war niemand zu sehen. Er ging zum Gerichtsgebäude, öffnete die Eingangstür, ging durch die Halle zum Übergang zum Gebäude E. Plötzlich hörte er Schritte hinter sich. Er drehte sich um und sah wie ihm ein Sicherheitsbeamte folgte.
>>Wo wollen Sie denn hin?<<, fragte er ihn.
>>Zu Richterin Amanda Schilling, in das Gebäude E. Sie erwartet mich.<<
>>In welchem Raum?<<
>>26.<<, antwortete er.
>>Einen Moment mal. Ich werde erst einmal dort anrufen. Wollen Sie bitte mitkommen?<<
Welch unangenehme Situation für ihn. Aber nun war er da. Am liebsten hätte er sich umgedreht, wäre weggefahren, hätte sich aus dieser Situation weggestohlen.
Aber nun war er im Büro des Sicherheitsbeamten, der schon mit Amanda sprach. Er legte auf.
>>Es ist in Ordnung, Sie können gehen.<<
Das war geschafft. Er war auf dem Weg.
>>Gut dann noch einen schönen Abend für Sie.<<
>>Ihnen auch.<<
Er hatte es eilig, jetzt wo er diese Situation hinter sich gelassen hatte, in dem Gebäude, wo er die schrecklichsten Stunden seines Lebens verbracht

hatte. Jetzt erwartete ihn diese Frau, jetzt erwartete ihn Amanda.

Er stand vor der Tür, holte noch einmal tief Luft und trat ein. Der Saal war leer. Sie war nicht zu sehen.

>>Hallo?<<, rief er.

Sie antwortete nicht.

>>Hallo?<<, rief er noch einmal.

>>Hier bin ich, im Richterzimmer. Komm doch herein.<<, rief sie durch die Tür.

Er ging nach hinten, am Richtertisch vorbei. Die Tür war angelehnt. Er schob sie auf. Er traute dem Anblick nicht. Die saß auf dem Tisch, hatte das rechte Bein angewinkelt, das linke Bein hatte sie der Länge nach ausgestreckt und hatte sich mit dem Arm abgestützt. Ihre langen schwarzen Haare fielen nach hinten auf ihre Robe, die sie locker umhüllte. Der Raum war in Dämmerlicht gehüllt, sie hatte neben sich eine Flasche Champagner und zwei Gläser stehen. Er hatte schon so viele Frauen gesehen, hatte Frauen in wunderschöner Wäsche gesehen, mit wundervollen Körpern. Er konnte sich immer wieder begeistern. Amanda trug unter der Robe nicht anderes als knappe schwarze Spitzenunterwäsche und Strapse.

>>Wow.<<, war das Erste, was er bei diesem Anblick von sich geben konnte. Er ging auf sie zu, um sie zu begrüßen. Als er sich zu ihr beugte, um ihr einen Kuss zu geben, zog sie ihn nach unten und küsste ihn leidenschaftlich. Der Duft seiner Haut strömte aus, benebelte völlig ihre Sinne. Seine Hand suchte gleich den Weg zwischen ihre Beine. Schon durch ihren Slip konnte er ihre Nässe spüren. Er drückte seine Hand fest gegen sie und sie schob ihr Becken willig nach vorn.

>>Meine Mita wartet schon sehnsüchtig auf dich.

Wie ist es mit deinem Wol?<<, fragte sie.

>>Wir haben beide tierische Lust auf dich.<< Gleich hatte sie es erfühlt. Sein Wol hatte sich bereits zu seinem Höchstmaß aufgerichtet. Er schob die Robe von ihren Schultern und biss hinein.

>>Oh ja, mehr, ich liebe das.<<
Er ließ es sich nicht zweimal sagen. Er fasste sie in ihre Haare und zog den Kopf zurück und biss ihren Hals entlang. Sie stöhnte laut auf, gab sich ihm willig hin. Sie wusste, dass er ein Meister war. Sie hatte es während des Prozesses erfahren. Aber er wollte stets eine Sklavin, die sich dessen bewusst war, Sklavin zu sein und keine, der es nicht ebenso viel Spaß machen würde wie ihm.
Nun hatten sie sich wohl gefunden, sie wusste ja genau was er wollte. Auf eine andere Frau hätte er sich auch nicht eingelassen, das würde ihn auf Dauer langweilen. Und sie, sie war noch immer von der gleichen Liebe zu ihm beseelt wie damals und neugierig auf das, was mit ihm geschehen würde.

>>Sag mal, wer hat dir eigentlich erlaubt meinen Wol anzufassen?<<

>>Du.<<

>>Niemals, daran könnte ich mich erinnern.<<, sagte er.
Noch hielt sie ihn in ihren Händen.

>>Hast du nicht gehört? Lass ihn los.<<, sagte er scharf.
Sie tat nun, was er ihr befohlen hatte, verharrte und schaute ihn erwartungsvoll an.

>>Mach deinen Mund auf. Zeig mir deine Zunge.<<
Langsam schob sie sie heraus und er leckte sie mit seiner Zunge. Immer wieder spürte er, wie sie unter seinem Lecken zusammenzuckte. Er spielte mit ihrer Zunge, steckte seine Zunge tief in ihren Schlund,

wollte sie fast zum Ersticken bringen, ihr zeigen, was sie noch zu erwarten hatte. Jetzt küssten sie sich heiß und leidenschaftlich. Ihre Münder klebten aneinander. Ihre Hände umklammerten seinen Kopf, hielten ihn ganz fest. Er machte ihre Hände von sich los.

>>Lass das.<<, befahl er ihr.

Sie nahm die Hände nach unten, stütze sich auf und schaute ihn wieder an. Langsam ahnte sie wohl, dass sie seinen Befehlen zu folgen hatte.

>>Mach` deinen Mund auf.<<

Er sammelte Spucke in seinem Mund und ließ sie in ihren Mund hineinlaufen.

>>Schluck es! Komm!<<

Er konnte es nicht erwarten ihr Schlucken zu sehen, um ihr eine weitere Spuckladung zu geben. Er riss sie an den Haaren, zog ihren Kopf nach hinten, machte es ihr unmöglich sich zu bewegen. Sie saß da mit ihrem gespannten Körper. Er leckte ihr Gesicht ab, biss in ihren Hals, saugte an ihren Schultern. Sie stöhnte, ließ sich jeden Schmerz gefallen. Sein Wol hämmerte in seiner Hose. Er wusste, bald würde er sie spüren, wenn sie untertänig genug war, wenn sie es sich verdient hatte, wenn sie darum gebettelt hatte, dann würde er ihn ihr geben. Er fasste an ihre Brüste, die prall nach oben standen, straff, weil er ihren Körper noch immer nach hinten gebeugt hielt. Er löste sich von ihr, ging einen Schritt zurück und betrachtete sie.

>>Du hast Champagner mitgebracht?<<, er schaute ihr in die Augen. Verharrte einen Moment. >>Dann sollten wir ihn auch trinken.<<

Sie saß da und bewegte sich nicht. Sie wusste, dass sie auf seine Befehle warten musste.

>>Komm, lass mich die Flasche öffnen.<< Der Korken flog in die Luft, das prickelnde Etwas musste

schon warm geworden sein. Er goss ein.

>>Ich liebe das Geräusch von prickelndem Champagner.<<, erklärte sie.

>>Ich weiß, ich liebe es auch. Lass uns trinken, lass uns viel trinken.<< Sie nahmen die Gläser, stießen an und tranken hastig aus.

>>Komm, ich gieße noch einmal nach, du musst schön viel trinken.<<

Sie setzte wieder an, trank auch dieses zweite Glas in einem Schluck aus. Er stand da, löste die Krawatte, ging auf sie zu, nahm sie an die Hand und zog sie vom Tisch.

>>Auf welchem Stuhl sitzt du normalerweise?<<

>>Dort.<<, zeigte sie auf den Stuhl am Tischende.

>>Dann setz dich dort hin.<<

Er ging hinter den Stuhl, brachte ihre Arme nach hinten. Ging an die Seite und drehte den Stuhl um, ging zur Wand, zündete sich eine Zigarette an, blies den Rauch in den Raum.

>>Mach deine Beine breit.<<, befahl er ihr.

Er stand eine Weile da, schaute sie an, ging dann wieder zu ihr hinüber, strich kurz mit seiner Hand über ihren Slip und ging wieder zurück.

>>Was willst du?<<, fragte er sie.

>>Du weißt, was ich will.<<, antwortete sie.

>>Willst du meinen Wol sehen?<<

>>Ja.<<

>>Dann bitte darum.<<

>>Ich möchte deinen Wol sehen.<<

>>Bitte!<<

>>Bitte, lass mich deinen Wol sehen.<<

Noch immer stand er an der Wand, er öffnete seinen Gürtel. Er sah, wie sie zusammenzuckte, wie sich ihr Körper mit einer Gänsehaut überzog.

Er öffnete langsam den Reißverschluss seiner Hose, hielt sie noch einen Moment fest und streifte sie dann langsam nach unten. Dann warf er sie auf den Tisch. Sein Wol stand steif und nach vorne durch die Boxershorts. Er schlüpfte aus den Schuhen und streifte sich die Socken von den Füßen. Er griff durch den Schlitz seiner Shorts an seinen Wol, umfasste ihn und rieb ihn hin und her.
Wieder ging er zu ihr hinüber, stellte sich direkt vor ihr Gesicht, ging ganz dich zu ihr heran, so dass sie die Nähe des Wol merken konnte, aber er gab ihr nicht den Befehl ihn zu berühren. Wieder griff er ihr zwischen die Bein, drückte ihre Ita und ging zurück. Er wollte sie auf die Folter spannen, sie sollte spritzen, bevor sie ihn das erste Mal berührt hatte. Er streifte jetzt seine Shorts nach unten. Ihre Augen stierten auf seinen prächtigen harten Wol. Er nahm ihn in die Hand und begann ihn zu reiben.

>>Komm, erzähl mir jetzt, was du willst.<<, befahl er ihr von Neuem.
>>Ich möchte deinen Wol berühren.<<
>>Wie willst du ihn berühren.<<
>>Ich will ihn reiben.<<
>>Du willst in reiben? Willst du ihn nicht in den Mund?<<
>>Natürlich will ich ihn in meinem Mund.<<
>>Dann bitte mich darum.<<
>>Bitte lass mich ihn in den Mund nehmen.<<
>>Noch mal.<<
>>Bitte lass mich ihn in den Mund nehmen. Bitte!<<
Er ging zu ihr hinüber, dicht zu ihrem Mund. Sie bewegte ihren Kopf in Richtung Wol.
>>Ich habe es dir aber nicht erlaubt.<<, sagte er.

>>Warum kommst du dann zu mir herüber?<<, wollte sie wissen.

>>Damit du weißt, was ich dir in den Mund stecken kann.<<, antworte er. >>Willst du ihn noch immer?<<

>>Ja.<<

Er nahm ihn in seine Hand, rieb ihn an ihrer Wange entlang.

>>Erst wirst du getauft.<<, sagte er.

Er spürte das Wasser in seiner Blase. Sein Wol war so hart. Er musste sich höllisch konzentrieren, um es nach oben steigen zu lassen.

>>Los, sag mir, dass du es willst.<<

>>Ja, gib mir deinen Champagner.<<, hauchte sie. Sie zitterte vor Erregung.

Er presste es nach oben, spürte wie der heiße Saft nach oben stieg, wie es aus seiner Eichel sprudelte und über ihren Körper floss. Im Dunkeln begann ihre Haut zu glänzen vom Dampf des heißen Champagners. Sie zitterte am ganzen Körper. Sie rochen den Geruch, süß und streng. Der ganze Raum erfüllte sich mit dem neuen Duft. Er holte ihr Glas und goss von Neuem ein.

>>Leg den Kopf zurück und mach den Mund auf.<<, befahl er ihr.

Er hob das Glas und schüttete Champagner in ihren Mund. Sie schluckte hastig, bemüht nichts daneben fließen zu lassen.

>>Ich kann nicht mehr. Ich muss auf Toilette.<<, meinte sie.

>>Ich will, dass du das Gefühl hast, du platzt.<<

Er ging zurück zum Tisch, suchte den Korken und ging zurück zu ihr. Er stellte sich zwischen ihre Beine, bückte sich nach unten, schob ihren Slip beiseite. Er zog ihre Schamlippen auseinander, rieb ihre Ita und steckte den Korken in ihre Öffnung.

»Wir wollen doch verhindern, dass dir vorzeitig etwas herausläuft.«, sagte er.
Er richtete sich wieder auf, griff an ihre Brüste, rückte ihren BH nach unten, nahm ihre Nippel zwischen seine Finger und begann sie zwischen seinen Fingern zu drehen. Sie hatte ihren Kopf nach hinten gelegt, die Augen geschlossen und atmete tief.

»Stell dir vor, der Korken fängt an sich zu bewegen.«, sagte er. »Er geht raus und rein, rotiert in deiner Mita.« Er verstärkte den Druck seiner Finger, sie stöhnte immer lauter.

»Oh ja, ja, das ist gut.«, sagte sie.

»Er geht raus und rein, vibriert in deiner Mita.« Ihre Stirn zog sich in Falten, ihre Brust senkte sich auf und nieder, ihr Stöhnen wurde immer intensiver.

»Komm, presse deine Mita zusammen, zerquetsche den Korken.«, turnte er sie an.
Er schaute nach unten, sah die Kontraktionen ihrer Mita. Ihr Körper bebte, ihr Körper zuckte zusammen, wie die Muskeln um den Korken. Sie geriet in Ekstase, ihr Orgasmus näherte sich.

»Ja, Amanda, lass es dir kommen, ich will es hören.« Ihr Stöhnen wurde lauter, steigerte sich zu einem langen lauten Schrei: »Aaaaah.«
Er ging wieder zurück zur Wand, wollte sehen, wie sie die Nachwirkungen des Orgasmus genoss, wie sie matt in dem Stuhl saß und darauf wartete, was als Nächstes kommen würde. Doch sie sollte warten. Er stand an der Wand und begann wieder seinen Wol zu reiben. Sie hörte das schmatzende Geräusch, wie sich die Vorhaut immer wieder über seine nasse Eichel stülpte. Sie öffnete ihre Augen und schaute zu ihm hinüber.

»Warum gibst du ihn mir nicht endlich? Oder mach` sonst irgendetwas mit mir.«, flehte sie ihn an.

>>Ich denke nicht daran.<<

Noch immer hielt er seinen Wol in der Hand, rieb ihn. Er hätte sie auf der Stelle nehmen können, aber er wollte es sich aufsparen.

>>Aber nimm den Korken raus, ich habe das Gefühl, dass ich gleich platze.<<

Er wusste, welch ein schönes Gefühl es war, wenn man erregt war, die Blase bis zum Rand gefüllt, tierisch. Noch bevor er spürte, dass sein Saft gleich aus ihm herausgepumpt würde hörte er auf sich zu bearbeiten und ging zu ihr herüber.

>>Heb deine Beine.<<, befahl er ihr.

Sie streckte sich ihm entgegen. Er bückte sich zu ihr hin, umfasste ihren Slip und zog ihn nach vorne über ihre Beine, streifte ihn ab. Er legte das rechte Bein auf den Schreibtisch ab, stellte sich neben sie und hielt ihr linkes Bein fest.

>>Wenn du willst, dann darfst du jetzt pinkeln.<<

Er schaute auf ihre Mita, wie der Korken noch in ihr steckte.

>>Dann nimm den Korken heraus.<<, meinte sie.

>>Nein, den sollst du herauspressen.<<

>>Wie?<<

>>Mit deinem Strahl.<<, sagte er.

>>Das geht doch nicht. Wie soll ich das denn machen?<<, fragte sie.

>>Du musst drücken. Stell dir vor, du bist auf der Toilette.<<

Sie tat, was er ihr sagte. Sie saß da und presste. Er sah, wie sie sich anspannte, wie sie drückte, wie sie versuchte ihr Wasser aus ihrem Körper herauszudrücken.

Plopp, ertönte es. Sie hatte es geschafft. Der Korken war draußen und ihr Wasser spritzte in einer Fontäne durch den Raum.

>>Aaaaah.<<, stöhnte sie, er hörte deutlich ihre Befreiung. Sie hörte gar nicht mehr auf. Ihr Wasser floss und floss und floss. Dann war sie fertig. Nur noch ein paar einsame Tropfen fielen auf den Boden.

>>War das gut?<<, wollte er wissen.

>>Ja.<<, antwortete sie.

>>Dann bedanke dich bei mir.<<

>>Danke.<<, hauchte sie erschöpft.

Er ging nach hinten zum Stuhl, nahm sie an der Hand, suchte seine Krawatte, legte sie ihr vor ihre Augen.

>>Mach die Augen zu.<<, befahl er ihr.

Er beugte sich nach vorn, um sich zu versichern, dass sie tat, was er ihr gesagt hatte. Er verknotete den Schlips an der Seite des Kopfes, damit ihre Augen verdeckt blieben, nahm sie wieder bei der Hand und führte sie zum Tisch.

>>Los, leg dich auf den Tisch.<<

Er platzierte sie auf der Mitte des Tisches. Auch er war ganz nass geworden. Er ging zum Kopfende, zog sie mit den Beinen nach vorne.

>>Komm` mach deine Beine breit.<< Er drückte sie nach hinten, sie umfasste die Kniekehlen mit ihren Händen und hielt sie fest. Ihre Mita drückte sich nach vorne raus. Er drückte ihre Beine ganz weit nach außen.

>>Halte sie so fest.<<

Er strich mit seiner Hand über ihre Mita. Sie war nass vor Erregung und Champagner, der noch an ihr klebte. Er rieb seine Finger vor und zurück. Ihre Ita war schon aufgerichtet. Er beugte seinen Kopf nach vorne, leckte sie kurz an und biss hinein.

>>Au<<, stieß sie aus.

Er blickte nach oben: >>Tut es dir weh?<<, wollte er

wissen.

»Ja, aber es ist schon gut«, meinte sie.

Er beugte sich zurück zu ihrer Mita, leckte weiter, biss hinein und zog sie dann durch seine Zähne in seinen Mund.

»Oh ja, mach weiter, hör nicht auf.«

Sie wand sich unter ihm, drückte ihr Becken weiter nach oben, schob ihm die Ita noch weiter entgegen. Er spürte in seinem Mund, wie sie noch immer weiter anschwoll. Er hörte nicht auf sie zu penetrieren. Wollte, dass ihr alle Sicherungen durchgehen würden, verrückt nach dem, was er ihr zur Belohnung geben würde.

Er stellte sich auf. Betrachtete sie, wie ihr Delta gekräuselt ineinander lag. Er legte seinen Finger dazwischen, bewegte ihn hin und her, sah zu, wie sie sich um seinen Finger klebten, als wollten sie ihn nicht mehr loslassen. Sie lag bewegungslos da, gespannt, was er mit ihr tun würde. Noch hatte er sich nicht entschlossen, aber ihre Mita war so einladend für seine Hand. Er wollte sie ihr geben. Er teilte sie auseinander, hielt sie mit einer Hand fest, während er mit zwei Fingern eindrang. Sofort spürte er die Nässe aus ihrer Mita. Er befand sich in dem Himmel des Inneren der Frau. Er drückte sie weit nach innen. Dann nahm er einen weiteren Finger dazu. Es war schön für sie, es füllte sie aus.

»Weißt du was ich jetzt mit dir tun werde?«, fragte er sie.

»Du gibst mir deine Hand?«

»Richtig, ich werde dich jetzt dehnen.«

»Was, das habe ich noch nie gemacht.«

»Noch nie, es wird herrlich für dich sein.«, erklärte er. »Komm, gib mir deine Hand, wir werden es damit versuchen.«

Er zog seine Finger raus, hob sie nach vorne und steckte sie ihr in den Mund.

>>Leck sie ab.<<

Er schob seine Finger tief in ihren Mund und sie lutschte sie, bis sie ihre Nässe abgelutscht hatte. Er nahm die Finger wieder hinaus und steckte sie ihr wieder in ihre Mita, um sie gleich wieder von ihr ablutschen zu lassen. Er beugte sich zu ihrem Mund, küsste sie kurz. Sie roch so wunderbar, zu gerne hätte er davon gekostet.

>>Komm, streng dich an, zeig mir, wie du dich weitest.<<, sagte er zu ihr.

Sie legte sich zurück, spreizte ihre Beine weit nach hinten, hielt sie mit den Oberarmen fest, öffnete mit der anderen Hand ihre Mita, mit der rechten Hand drang sie in sich ein. Zuerst nur mit den Fingerkuppen, dann schob sie ihre Hand immer weiter vor. Ihre Finger waren schon vollkommen verschwunden, jetzt drückte sie ihren Handrücken hinein. Bald war ihre Hand vollkommen verschwunden, völlig absorbiert von ihrer Mita. Sie bewegte die Hand vor und zurück. Es schien, als würde sie gleich kommen, aber sie hielt ihre Hand fest. Er sah, wie ihre Mita zuckte, aber ihr Orgasmus wollte ihren Kopf nicht erreichen. Sie keuchte und hechelte, wollte ihre Hand weiter bewegen. Er dachte, sie soll schärfer werden, nach seiner Hand betteln. Er hielt ihre Hand fest, dass sie sie nicht mehr bewegen konnte. Sie versuchte es aber dennoch weiter, aber er ließ sie nicht gewähren. Sie versuchte es weiter, wollte sich den Orgasmus holen.

>>Hör auf, deine Hand zu bewegen.<< Er verstärkte den Griff um ihr Handgelenk, zog sie heraus und drückte den Arm nach oben zu ihrem Kopf. Er nahm auch noch den anderen Arm nach oben neben ihren

Kopf. Dann hielt er die beiden Arme neben ihrem Kopf fest. Er stand gebeugt neben ihr, dicht an ihrem Gesicht. Er suchte ihren Mund, leckte ihre Lippen, öffnete ihn mit dem pressenden Druck seines Mundes, ließ ihr seine Spucke hineinlaufen. Ihr Unterkörper bewegte sich gegen seinen Wol. Er ließ sie los, suchte seinen Gürtel. Fand ihn, hob ihn auf und band ihre Hände zusammen. Dann ging er zurück, betrachtete wie sie da lag.

>>Willst du meine Hand?<<
>>Oh ja.<<
>>Bitte mich darum!<<
>>Bitte gib mir deine Hand.<<
>>Das ist gut, sehr gut.<<

Wieder teilte er ihre Öffnung. Sie hatte sich bereits gut gedehnt. Sie lag einladend vor ihm, dann brachte er die Finger in sie hinein. Er begann zu drücken, ihre Mita krampfte sich zusammen, es war schwer einzudringen.

>>Entspann dich, komm, mach sie auf.<<

Er rieb ihre Ita, wollte ihr ein wenig nachhelfen. Doch sie war so eng gebaut, nur mühsam kam er in sie hinein. Amanda stöhnte, wand sich hin und her, wollte seiner Hand entweichen. Viel zu groß war er für sie. Aber dann hatte er alle Finger in ihr und bewegte die Hand vor und zurück. Jetzt hatte sie sich daran gewöhnt.

>>Ja, Adrian, ich komme, ich komme.<<, schrie sie aus. Sie stöhnte und wand sich. Ihre Mita zerquetschte seine Finger, ihre Zuckungen wurden immer stärker.

>>Bitte hör auf. Hör auf.<<, flehte sie ihn an.

Aber er machte weiter. Amanda holte ihre gefesselten Hände nach vorne, wollte ihn daran hindern, aber sie schaffte es nicht. Ihre Mita hinderte seine

Bewegungen, aber bearbeite sie mit aller Kraft, ließ nicht locker. Er wollte sie nicht erlösen.

>>Adrian, es tut so weh, hör doch bitte auf.<<, bat sie ihn erneut.

>>Du musst dich nur weiter entspannen, du willst doch noch mal kommen.<<, sagte er.

>>Gib mir lieber deinen Wol.<<, bat sie ihn.

>>Du musst ihn dir erst verdienen. Also, entspann dich. Ich will dich mit meiner Hand.<<
Er griff mit seiner Hand an den Kopf und löste die Krawatte.

>>Komm, schau zu wie ich es dir besorge.<<, sagte er.
Er wusste, dass sie ihm gehorchen würde, dass sie im Grunde nur darauf gewartet hatte, dass er sie so nehmen würde. Er schaute auf seine Hand, wie sich die Finger raus und rein bewegten. Sie war offen. Sie gab sich ihm bereitwillig hin. Er wusste, sie würde verrückt werden, er würde es ihr immer wieder so besorgen wollen, er würde es ihr immer so geben. Vielleicht noch nicht das nächste Mal aber bald, sehr bald würde sie es nicht mehr erwarten können. Dann würde er sich ein neues Spiel einfallen lassen. Jetzt lag sie da und stöhnte. Der Schmerz war schnell überwunden und sie fühlte die seltsame Mischung aus Lust und Schmerz. Nichts konnte aufregender sein. Er hörte wie ihr Stöhnen intensiver wurde, wie sie sich ihm völlig hingab, wie sich ihre Lust wieder steigerte, einem neuen Orgasmus näherte. Er ließ sie kommen, ließ sie wieder schreien.

>>Aaaaah.<<, drang es durch den Raum. Laut und schallend. Er hielt seine Hand ganz ruhig, zog die Finger heraus. Ging zu ihrem Kopf. Sie war völlig zerwühlt, satt und atemlos.

>>Mach deinen Mund auf.<<, befahl er ihr.

Er steckte seinen Wol in ihren Mund, nahm ihren Kopf in seine Hände, hielt sie fest und stieß drauf los. Gierig zog sie ihn in sich hinein. Sie nahm ihn wie eine echte Sklavin. Daran hatte er die Frauen schon immer unterscheiden können. Hier wurde deutlich, wer eine war und wer es nur halbherzig versuchte. Sein Wol stieß bis zu ihrem Hals. Sie würde würgen, er wusste es. Aber es war für ihn ein herrliches Gefühl in sie hineinzustoßen, ohne ein Aufmucken, sie bis zum Rande füllend. Sein Saft stieg nach oben. Er hielt ihren Kopf fest, sein Wol fest in ihrem Hals und er kam. Er gab ihr keine Vorwarnung. Er gab ihr alles in ihren Mund. Er blieb ruhig stehen, verharrte. Sie bewegten sich nicht. Kosteten es aus.

>>Wir sollten etwas trinken. Was meinst du.<<, fragte er.

Sie drehte den Kopf zur Seite, sein Wol glitt heraus.

>>Das ist eine gute Idee. Ich bin wahnsinnig durstig.<<

Er ging und goss ein. Nahm die Gläser und brachte auch die Flasche zum Tisch. Ihre Haut war über und über mit ihrem nassen Schweiß überzogen. Er gab ihr ein Glas, stellte eines auf den Tisch, hob die Flasche an.

>>Ich glaube, du brauchst eine Dusche.<<, sagte er.

Schon überschüttete er sie mit dem Rest des Inhalts.

>>Ah, das tut gut. Du solltest es ablecken.<<

>>Ja, das würde dir eine Freude machen.<<

>>Du hast es dir verdient. Aber lass uns erst einen Schluck trinken. Du bist doch völlig ausgebrannt.<<

Es tat gut, obwohl der Champagner eigentlich viel zu warm war, um ihn noch zu genießen. Er gab ihr sein Glas.

>>Gibt es hier irgendwo noch ein kaltes Glas

Wasser?<<

>>Ja, ich hole es dir.<< Er ging weg, hatte die Flasche mitgenommen und füllte sie mit eiskaltem Leitungswasser und übergoss sie damit.

>>Ach Adrian, es ist unglaublich was ich mit dir erlebe!<<

>>Es wird noch besser, ich werde dich in alles einweihen.<<

>>Ich habe immer von so etwas geträumt.<<

>>Wir werden noch viel Zeit haben alles zu leben.<<

Er wollte sie einführen in seine Spielart der Lust. Sie würde eine wunderbare Sklavin sein. Sie war ja noch wie eine Jungfrau.

Sie überlegte, ob er sie als nächstes nehmen würde, sie war so erregt und wollte seinen Wol in sich spüren.

Als ob er ihre Gedanken hatte lesen können, drehte er sie um und beugte sie nach vorne. Sein Wol war direkt vor ihrer Öffnung. Er schob seinen Wol direkt vor ihre Mita und er drang ein, ohne sie zu öffnen, sie war immer noch offen für ihn von seinen Fingern. Sie war innen wahnsinnig heiß.

>>Oh, das ist toll, du gibst mir deinen Wol.<<

Er stieß drauf los, spreizte ihre Pobacken, um zu sehen, wie er raus und rein ging. Ihre Mita hielt seinen Wol umschlossen. Er spürte ihr Inneres, wie er tief und fest in sie hineinstieß. Ihr Körper knallte gegen sein Becken. Er schlug ihr auf den Hintern.

>>Ja, ja, schlag mich.<<

Er ließ es sich nicht noch einmal sagen, schlug sie, während er sie nahm. Er fühlte es kommen, zog seinen Wol heraus und spritzte ihr auf den Rücken.

Dann lagen sie kauernd übereinander.

>>Adrian, ich will dich küssen, gib mir deinen

Mund.<<
Er nahm sie in seine Arme und hielt sie fest.

>>Amanda, wenn du nachher sauber machst, will ich, dass du keinen Schrubber benutzt. Ich will, dass du dich kniest und an mich denkst. Stell dir vor, du machst das nur für mich.<<, er machte eine Pause, schaute sie an. >>Willst du das tun?<<

>>Wenn du das willst, dann mache ich es.<<
Es war ein sonderbares Gefühl den Boden zu säubern und daran zu denken, dass Adrian dies als Demutsgeste empfinden würde. Aber auch für sie war es so, es war, als würde sie ihm untertänigste Demut beweisen. Es war schön, sie tat es aus purer Hingabe. Und sie strahlte, ihre Augen leuchteten. Sie war nach dieser Nacht so glücklich und befreit. Hatte ihre Lust leben können, die sie in ihrer Ehe so vermisst hatte. Und sie würde eine neue Lust leben, eine, die sie bisher noch nicht kennen gelernt hatte. Aber sie war bereit, bereit für ein neues, ein anderes Leben. Und sie durfte es mit ihrer großen Liebe erleben, welch ein Glück hatte sie doch. Davon hatte sie in all den Jahren geträumt und dies sollte ihr nun erfüllt werden.

>>Adrian, ach Adrian.<<, dachte sie. >>Adrian, mein Master Decus.<<

Am nächsten Morgen stand sie ganz übermüdet im Verhandlungssaal. Ein Mann war angeklagt wegen gefährlicher Körperverletzung, er hatte einigen Frauen in den Rücken getreten, die wartend vor einer Arztpraxis auf der Treppe saßen, als er an ihnen vorbei wollte.

>>Erzählen Sie uns doch mal, was Sie zu diesen Anschuldigungen zu sagen haben.<<, sagte Amanda.

>>Ich wollte nur an ihnen vorbeigehen und habe

sie lediglich nur mit meinem Fuß hinten berührt.<<
   >>Zeigen Sie uns das doch einmal bitte.<<
Er kam in die Mitte und schob sein Schuh vor und zurück.
   >>Und fester war das nicht?<<, fragte der Staatsanwalt.
Amanda war professionell genug sich auf die Sache konzentrieren zu können. Aber ihre Gedanken waren bei Adrian. Noch immer war ihr das Geschehen der Nacht so bewusst, noch immer spürte sie seine Hände, hatte noch immer seinen Geruch in ihrer Nase.
`Adrian, oh Adrian.` Immer wieder kam ihr sein Name, sein Gesicht in den Kopf. War sie wirklich jahrelang die biedere Hausfrau gewesen? Wie konnte es sein, dass sie so lange leben musste und jetzt erst entdeckte, dass es eine geheime Tür gab, die Adrian aufgestoßen hatte. Das konnte doch nicht sein. Doch, sie würde dies jetzt leben, sie hatte ein wunderbares Leben, das jetzt mit Adrian auf sie warten würde.
>>Also, wir werden jetzt die Geschädigten befragen.<<, sagte Amanda zur Gerichtsdienerin. >>Rufen Sie bitte Frau Tabasio herein.
Sie wurde zu ihrer Person befragt, dann zu der Sache.
   >>Also dieser Mann<<, sie zeigte auf den Angeklagten. >>hat mir so in den Rücken getreten, dass ich noch wochenlang einen blauen Fleck hatte. Es tat fürchterlich weh. Auch mit den Anderen hat er das getan. Er hat uns angeschrien, was wir da machen, er ist ein böser Mann. Ich bin eine arme Frau.<<, führte sie in gebrochenem Deutsch aus.
Eine Reihe von Geschädigten wurde befragt, ohne Ausnahme ausländische Frauen. Hier hatte er wohl leichtes Spiel, ließ seinem rassistischen Unmut freien

Lauf.
Aber er war nicht vorbestraft. Die Staatsanwaltschaft hatte sich an seinem Gehalt als Hausmeister orientiert und eine Geldstrafe von 2000 € gefordert. Dies schien ihr angemessen. Sie bestimmte, dass das Geld einer Organisation für Frauen in Not zu Gute kommen sollte.

*

Tage später sah sie Adrian. Sie hatte voller Ungeduld auf ihn gewartet. Bei allem was sie tat, waren seine Gedanken bei ihm. Er schaute Amanda an, zog sie an den Haaren und sagte ganz leise:
>>Komm, komm, komm. Küss mich, küss mich.<<
Ein Schauer lief ihr über den Rücken. Sie stöhne leise auf, öffnete ihren Mund und spürte seine Lippen an ihren.
>>Willst du mich?<<, zog er sie an den Haaren. >>Sag mir, willst du mich?<<
Noch schwieg sie, schaute ihn an und verharrte.
>>Ja<<, sagte sie.
>>Sag mir, willst du mich?<<, forderte er sie erneut auf.
>>Ja.<<, sagte sie wieder.
>>Ich will hören, dass du mich willst.<< Er zog fester an ihren Haaren, zog ihren Kopf zurück.
>>Ja, ich will dich.<<
>>Sag meinen Namen.<<
>>Adrian.<<
>>Den ganzen Satz, sag den ganzen Satz.<<
>>Ich will dich, Adrian.<<
>>Und was willst du sein, sag mir, was du sein willst.<<

»Ich will dir gehören.«

»Ja, natürlich willst du mir gehören.« Wieder zog er ihren Kopf nach hinten: »Willst du meine Sklavin sein?«

»Ja.«, sagte sie. Sie wusste nun, was er hören wollte: »Ich will deine Sklavin sein.«

»Gut, sehr gut.«, kommentierte er. »Und willst du mir auch hörig sein?«

»Ja, ich will dir auch hörig sein.«

»Und willst du mich glücklich machen?«

»Ja, ich will dich auch glücklich machen.«

Er streichelte ihre Wange und plötzlich schlug er drauf. Sie zuckte zusammen, spürte den stechenden Schmerz, den sie noch aus Kindertagen kannte. Eine Demütigung, die sie seit dem nicht mehr erlebt hatte.

»Oh ich werde dich verwöhnen, ich werde dich lehren mir zu dienen.«

\*

Sie gingen Hand in Hand in die Halle. Sie genoss, wie der Stoff des schwarzen Kleides ihren Körper streichelte. Sie gingen an die Bar und Adrian rückte ihr den Hocker in Position. Vorsichtig setzte sie sich hin, hatte Angst, dass ihr jemand zwischen die Beine würde sehen können. Sehen, dass sie kein Höschen trug. Sie blieben ein Weilchen dort, dann fragte Adrian, ob sie sich das Haus näher ansehen wolle.

Sie gingen die Treppe nach unten, wo ihnen der Geruch der alten, nassen Gemäuer entgegenkam. Die Musik war auch hier laut zu hören. Es war die Musik, die man in dieser Gesellschaft meistens hörte, sie war sehr sakral und pathetisch. Schon die Musik benebelte ihre Sinne. Sie machte sie regelrecht high. Adrian stieß das Gitter auf, das den Vorraum von den anderen Räumen trennte. Dann kamen sie zu einem schweren Tor. An der Tür hing ein Schild, auf dem die Wörter `Offen für alle` stand, aber dann drehte Adrian das Schild um. `Nicht Stören, geheime Gesellschaft` war nun darauf zu lesen.

>>Was hast du vor?<<, wollte sie wissen.

>>Ich werde dich heute fliegen lassen.<<

>>Was willst du mit mir tun?<<

>>Nur was du willst, ich werde nie etwas tun, was nicht auch du willst.<<

>>Siehst du den Bock?<<, fragte er. >>Willst du dich nicht einmal darüber beugen und auf mich warten?<<

Sie ging in die Ecke wo der Bock stand und beugte sich darüber. Sie hörte Adrians Schritte und suchte nach ihm in diesem finsteren Raum.

>>Wo bist du?<<

>>Hier.<<, klang es aus der gegenüberliegenden Ecke.

>>Was machst du?<<, fragte sie nach.

>>Ich suche ein paar nette Spielzeuge für dich.<<

Sie hörte einige Zischgeräusche und wusste, dass er die Peitschen ausprobierte. Dann hörte sie seine Schritte, hörte, wie er sich näherte. Er kam ganz dicht an ihr Gesicht, sie hörte seinen Atem, wie er in ihr Ohr hauchte. Dann schob er ihr Kleid nach oben und betrachtete ihren Hintern.

>>Schön, wie du ihn präsentierst.<<, bewunderte er ihre Formen.

>>Komm, streck ihn raus, zeige ihn mir.<<

Sie fühlte, wie er ihn sanft mit seinen Händen streichelte. Dann spürte sie einen leichten Klaps, dann wieder eine sanfte streichelnde Bewegung. Wieder

schlug er darauf, zwei leichte kurze Schläge, dann zwei festere. Sie hielt ruhig, wartete ab, was sie erwarten würde. Nun wurden seine Schläge intensiver, stärker, verloren aber nicht den Takt, in dem er schlug. Ihr Hintern fühlte sich ganz warm und angenehm an. Dann streichelte er sie, beugte sich nach unten und küsste ihren angewärmten Hintern. Sie atmete bereits schwer und heftig.
Er fasste ihr zwischen die Beine und flüsterte ihr ins Ohr:
>>Oh, Amanda, es scheint dir zu gefallen, du bist ja schon ganz nass.<<
>>Meinst du?<<, fragte sie ungläubig.
Er schob ihr die Hand zwischen ihre Mita und steckte ihr dann den Finger in ihren Mund.
>>Leck es auf.<<, forderte er sie auf.
Sie schmeckte den Saft ihrer Mita, süß und nass. Er schob seine Finger in ihrem Mund rein und raus.
>>Schmeckst du es?<<, wollte er wissen.
>>Ja.<<, gab sie zu.
Dann löste er sich von ihr und sie versuchte, ihm nachzusehen.
>>Bleib gebeugt über dem Hocker, oder muss ich dich jetzt schon anbinden?<<
>>Nein, ich bleibe<<, versprach sie und beugte sich wieder auf die Krümmung des Bockes.
Dann hörte sie das Geräusch der Gerte.
Schon spürte sie die Berührung. Ganz leicht streichelte er zunächst ihr Hinterteil, dann schlug er zunächst einmal ganz fest auf ihre rechte Seite.
>>Au.<<, entfuhr es ihr.
Dann die linke Seite. Kurz schnell und heftig.
Darauf wieder die rhythmischen Bewegungen, als dirigiere er ein Orchester. Kleine kurze Schläge wechselten sich ab mit den harten, lauten. Es fing an zu

schmerzen, es fing an ihr weh zu tun. Immer beißender empfand sie das, was er mit ihr tat. Doch sie ließ es geschehen, wunderte sich, wie sie den Schmerz akzeptierte, als hätte sie nie etwas anderes erlebt. Nie etwas anderes gewollt, nie etwas anderes gedacht.
Noch nie fühlte sie sich so ausgeliefert, so hingegeben, nie war sie so klar bei Verstand, noch nie so nüchtern, noch nie so verzückt.
Da stand sie, in ihrer nackten Schönheit, ihren Hintern präsentiert für ihn, für Adrian, den sie schon in der Oberstufenzeit so liebte. Er, der nun mit ihr Dinge tat, von denen sie noch nicht einmal wusste, dass sie im Rahmen des machbaren, für sie erlebbaren liegen könnten und sollten.
Er hatte aufgehört sie zu schlagen, streichelte wieder ihren Hintern, fuhr mit seiner Hand in ihr nasses Etwas.
`Wenn es so nass wird, dann muss es mich auch erregen`, dachte sie noch immer ungläubig, fassungslos, was sein Handeln in ihr bewegte.

>>Oh, Adrian, was machst du mit mir?<<

>>Du weißt doch, dass du mir dienen musst, dass du dich mir hingeben musst. Das willst du doch auch?<<

Sie war verwirrt, antwortete nicht.

>>Dieser sture Kopf, ich werden dir ihn schon noch brechen, du wirst mich eines Tages anflehen, dass ich dir die Peitsche geben soll, betteln wirst du, das sage ich dir.<<, er zog sie an den Haaren nach hinten und leckte ihr übers Gesicht.

>>Und willst du mir es jetzt sagen, willst du mir jetzt sagen, wer du bist?<<

>>Ja<<, antwortete sie. >>Ja, Adrian, ich will. Ich will dir dienen.<<

>>Und wer bist du?<<

Sie wusste, was er hören wollte, wusste wie gerne sie ihm dies sagen wollte. Sie wollte den Moment hinauszögern, ihn auskosten, den innerlichen Schmerz um diese Aussage genießen.

>>Und, willst du es mir nicht sagen?<<

>>Doch, doch ich will.<<

>>Und was hindert dich daran?<<

>>Meine Liebe zu dir, du weißt doch, dass du alles für mich bist, du weißt, dass ich es für dich bin.<<

>>Dann verdammt noch mal, sag es endlich!<<

>>Ich bin deine Sklavin.<<

>>Gut, braves Mädchen.<< Er streichelte ihre Wange. >>War das denn jetzt so schwer?<<, wollte er wissen.

>>Nein.<<, keuchte sie.

Er nahm die Gerte in die Hand und schlug wieder zu, lauter kleine Peitschenhiebe, kleine Spielereien auf ihrem Hintern. Gebeugt und demütig stand sie vor ihm und ließ ihn gewähren.

>>Mach die Beine breiter, ich will deine Mita sehen<<, gab er ihr den Befehl.

Sie gehorchte, ein Schauer lief ihren Rücken herunter, sie liebte es, wenn er in dieser Stimme mit ihr sprach, wenn er sie so dominierte. Das war es, was sie anturnte, was ihren Kopf zum Drehen brachte. Wie gerne widersetzte sie sich ihm, damit er wieder und wieder wie mit Nadeln in ihr Gehirn stich. So wie die Gerte auf ihrem Hintern waren seine Worte die Nadelstiche, die Pfeile im Kopf. Oh, wie gerne hätte sie sich ergeben, hätte sie seinem Wollen nachgegeben, aber dann wäre das Spiel zu Ende gewesen, wäre sein Befehl zu ende. Nein, sie wollte weiter genießen, weiter erleben, weiter sein Opfer sein, und auch er sollte ihr Opfer sein. Nur durch sie konnte er

das erleben, was er erlebte, seine Lust durch sie zu kanalisieren und zu empfinden, was er nur durch sie empfand.
Und sie wand sich unter seinen Schlägen, wurde immer erregter, diese Mischung aus Schmerz, der sich in Lust steigerte, sie immer weiter hochkickte. Ihre Lust steigerte sich ins Uferlose. Ihr Kopf drehte sich und sie kam.

\*

Ich roch den trocknen Staub unter meinem Gesicht, spürte die Hitze der Sonne auf meinem geschundenen Körper.
Meine Haut brannte, als sei sie in Striemen geschnitten.
Ich schaffte es nicht mich aufzuraffen. Mein Körper war kraftlos und leer.
Prachtvoll stand er in seiner Rüstung vor mir, die in der Sonne leuchtete. Das rote Büschel stand aufrecht auf seinem Helm. Mein Leinengewand hing nur noch in Fetzen an mir.
    »Reicht es dir?« Er zog meinen Kopf nach oben und ich fühlte wieder einen Peitschenhieb auf meinem Rücken. Ganz dicht brachte er sein Gesicht vor meines, schaute mir in die Augen.
Ich spuckte ihn an, als letzter Aufschrei meines Ichs.
    »Niemals«, keuchte ich.
Er zog mich nach oben und ließ mich dann mit aller Wucht nach unten fallen. Alles tat mir weh. Ich spürte wie er mit seinem harten Stiefel gegen meinen Magen treten wollte.
Kraftlos musste ich mich ihm ergeben. War nur noch eine willenlose Hülle, die verloren hatte. Aber ich

würde nichts sagen, sollte er mich doch zu Tode prügeln, auf keinen Fall würde ich ihm die Antwort auf seine Fragen geben. Ein Verrat an mir, sei es drum: ein Verrat an ihm, niemals.
Der Sand brannte auf meiner Haut, wie Schmirgelpapier rieb er meinen Körper auf. Ich wimmerte langsam vor mich hin, wollte nicht mehr, sollte dies alles nur zu Ende sein.
Ich atmete schwer und laut, bekam kaum noch Luft. Mein ganzer Körper stand in Flammen, als würde ich bei lebendigem Leib verbrannt.
Ich spürte weder Raum noch Zeit, alles um mich herum hatte seine Kontur verloren, alles schien ganz weit weg. Weit und unerreichbar. Und alles wurde erstickt von dem Schmerz, der in mir war und meinen Körper drangsalierte. Ich spürte, jetzt kommt das Ende, jetzt ist es aus.`
Schweißgebadet wachte sie auf. Was war das für ein Traum, der sie so gefangen nahm. Immer wieder träumte sie von dieser Situation seit sie mit Decus zusammen war. Sollte er etwas sagen, welche Bedeutung könnte er für sie haben? Sollte dies ein Hinweis sein? Sie kuschelte sich noch enger an Adrian heran, spürte seine warme weiche Haut. Wie sehr liebte sie es, so eng umschlungen mit ihm liegen zu können. Das taten sie seit ihrer ersten gemeinsamen Nacht. Und wenn sie sich auf die andere Seite legte, robbte er ihr hinterher.
Adrian wachte auf, streichelte ihr Haar.

>>Was ist los, bist du schon wach?<<, fragte er.

>>Ich hatte wieder diesen Traum mit dem Soldaten.<<, erklärte sie ihm.

>>Schon wieder?<<

>>Ja, er war heute ganz klar, ganz intensiv.<<

>>Ach, lass dich nicht davon beunruhigen, lass uns

einfach weiterschlafen.<<

Am Mittag war sie bei Michael zum Kaffee eingeladen und erzählte ihm von den Erlebnissen mit Adrian und dem Traum.

>>Amanda, du weißt, ich schätze Adrian sehr als Freund, ich habe ihn früher genauso bewundert wie du. Aber dieses S/M- Gespiele, davon halte ich nichts. Das ist nicht gut, diese ganze übertriebene Sexualität ist nicht gut für das Wurzelchakra.<<

>>Aber es ist im Moment das Größte für mich, es ist als ob ich mich neu entdecke, nach all den Jahren sexueller Unzufriedenheit.<<

>>Aber eine Beziehung besteht doch nicht nur aus Sex, alles andere hat er dir doch sowieso nicht zu bieten. Glaubst du, dass dich das auf Dauer glücklich machen kann? Du erwartest doch mehr vom Leben.<<

>>Was sollte ich erwarten? Meine Ehe hat mir auch nicht das erfüllt, obwohl wir uns auf freundschaftlicher Ebene gut verstanden haben. Aber da hat immer die Leidenschaft gefehlt. Es war da wie tägliches Zähneputzen, mehr war da nicht. Jetzt hat Adrian was zum Klingen gebracht, was ich mir immer gewünscht habe, ohne dass es mir bewusst war. Es erfüllt mich einfach. Ich war noch nie so glücklich.<<

>>Amanda, ich kann dich nur warnen! Wenn du dich emotional so engagierst, dann ist der Sturz umso schlimmer!<<

>>Nein, mach dir keine Sorgen, ich will jetzt erst einmal mein Leben genießen und das ist im Moment an der Seite von Adrian. Und ich kann sowieso nicht anders, ich habe mir immer eine Beziehung mit ihm gewünscht, schon seit damals, das weißt du doch.<<
Sie würde sich im Moment nichts sagen lassen, sie

war viel zu sehr in die Traumvorstellung verliebt und das, was sie da miteinander in sexueller Hinsicht erleben, hatte für Amanda einen Stellenwert, dem mit Argumenten nicht beizukommen war. Sie war Decus einfach hörig. Damit musste er zunächst leben. Aber er würde geduldig warten, seine Zeit würde schon noch kommen, er wusste, dass Amanda auf Dauer den Adrian nicht begehren würde, der sich jetzt Master Decus nannte und sich zurückentwickelt hatte. Adrian hatte keiner Frau etwas zu geben, er brauchte sein Spiel, um andere zu beeindrucken, seinen Auftritt, wie er es immer nannte. Klar, alle Frauen waren von ihm fasziniert, wollten ihn, und er bekam sie ja auch alle, wahllos und ziellos wie er war. Ob das Amanda Glück bringen sollte? Er konnte es klar verneinen. Und dann würde er für sie da sein, er hatte schon viele kommen und gehen sehen. Für Adrian machte es keinen Unterschied, wer diese Frauen waren. Amanda würde ihn irgendwann erkennen.

*

Wieder und wieder ging Amanda in die Burg. Es war immer eine erstaunliche Atmosphäre, zu sehen, wie die Frauen mit ihren Partnern aus dem Keller kamen mit glänzenden Augen, mit verzücktem Blick.
Oft saßen sie in einer Runde beisammen und unterhielten sich über Gott und die Welt, das was sie bewegte, das was sie erlebten.

>>Natürlich liebe ich mein Eigentum.<<, sagte Xavier. Er schaute zu Norma, die zu seinen Füßen hockte, an einer kurzen Hundeleine. Sie blickte nach unten, sagte den ganzen Abend kein Wort. Er hatte

ihr verboten zu sprechen.

>>Und ihr lebt das so konsequent?<<, wollte Adrian wissen. >>Lebt ihr 24/7?<<

>>Ja, das geht deshalb so gut, weil sie nicht arbeiten muss. Ich halte sie oft tagelang in einem Käfig gehalten, in einem dunklen Kellerraum, entziehe sie jedem Leben.<<

>>Und wie oft läuft das?<<, fragte Amanda nach.

>>Wie es mir gefällt und ich denke, dass es gut für sie ist. Sie ist mein Eigentum, ich gehe immer sehr sorgfältig damit um, bin mir meiner Verantwortung bewusst. Eigentum bedeutet für mich im hohen Maße Verantwortung. Ich will es schützen, pflegen und achten.

Mein Eigentum ist sehr kostbar. Sie weiß um ihre Wichtigkeit. Und trotz ihrer Demut ist sie stolz.<<

`24/7`, dachte Amanda. Wie lebbar wäre das für sie gewesen, wollte sie jederzeit und immer dominiert werden? Es war für sie nicht möglich, sprengte zum einen ihre momentanen Bedürfnisse und zum anderen wäre es zu diesem Zeitpunkt nicht in ihr Leben integrierbar gewesen.

Xavier war Architekt, er verdiente genug für beide. Sein Steckenpferd waren neoklassizistische Gebäude, die er entkernen ließ, die Außenhülle aufwendig restaurierte, den Innenraum herstellte, um sie dann wieder der Nutzung zuzuführen.

>>Wenn ich hier so bin, dann fühle ich mich in eine völlig andere Zeit zurückversetzt. Wie gerne würde ich mal in einer anderen Epoche leben. Ich bin glücklich, dass Norma dies alles so lebt und schätzt wie ich.<<, meinte er.

>>Ich liebe eigentlich die 20er Jahre, die Verrücktheit dieser Zeit, das Verruchte.<<, erklärte Adrian.

>>Neoklassizistische Kunst ist für mich mehr als eine Wiederbelebung der Antike, es ist vielmehr eine Hommage an diese großartige Zeit. Diese zeitlosen Gebilde wieder auf erstehen zu lassen hat das mitteleuropäische Städtebild verändert.<<

>>Ich liebe die wundervollen Bauten in Pompeji, man spürt das Leben einer anderen Zeit.<<

>>Ja, die kolossalen Bauten mit ihren Säulen, die durch Symmetrie und Gradlinigkeit bestechen.<<

>>Mich erschlägt die Üppigkeit. Ich mag Bauten nicht, die mich an Triumphbögen erinnern.<<, meinte Adrian. >>Ich liebe vielmehr die Leichtigkeit, die Klarheit des Art Deco. Das architektonische Ethos des Neoklassizismus war noch nie etwas für mich. Amanda hat in ihrer Wohnung diesen wunderbaren Art-Deco-Schiffsspiegel, der passt viel besser zu unserem Lebensgefühl.<<

Xavier erwiderte: >> Für mich ist der Neoklassizismus mehr als eine Erneuerung des Antiken, man darf nicht vergessen, dass er eng mit den zeitgenössischen Ereignissen verbunden war und eine Verbindung zur Demokratie des alten Griechenlands geschaffen hat.<<

>>Auch für mich steht das in Verbindung mit der Zeit, in der die Menschen in den 20er Jahre lebten. Es war die Zeit des Wachstums und Fortschritts. Die Bilder lernten laufen, es war spannend und anregend. Die Zeit zwischen zwei Weltkriegen. Die Zeit einer Anita Baker, die als weiße Maus auf den Tischen tanzte.

Überhaupt, die frivole Art des Lebens, sich einfach treiben lassen zu können und das ständige Rauscherlebnis, das die Menschen kannten. Das übt eine große Faszination auf mich aus.<<

Amanda bestätigte Adrians Ausführungen: >>Was mir

an dieser Zeit so gut gefällt, sind die Neuerungen, die klaren Linien, denn wie wir heute leben, mit den klaren Elementen des Bauhauses, haben wir dieser Zeit zu verdanken. Es waren Möbel für den Intellektuellen wie auch für den armen Mann, zum Beispiel die LX2-Sessel und die Frankfurter Küche aus dieser Zeit. Nachdem das Tüteltü wegfiel und die Klarheit der Linien zelebriert wurde. Noch heute empfindet man vieles von damals als modern und zeitgemäß. Und, um noch mal auf den Neoklassizismus zurückzukommen, das, was man heute sieht, ist nicht das Pompeji mit seinen Innenhöfen, klein, klein. Nicht so monumental und doch aus dieser Zeit.<<

>>Die Sprünge sind mir eigentlich zu viel, lasst uns das ein anderes Mal vertiefen, ich glaube Amanda würde gerne einmal Nadines Füße küssen.<<, erkannte Adrian.

Er nahm Amanda am Nacken und drehte ihren Kopf zu seinem Mund.

>>Das wirst du doch tun, oder?<<, fragte er.

>>Was soll ich tun?<<

>>Ich will, dass du Nadines Schuhe ausziehst und ihre Füße küsst, aber ganz hingebungsvoll, liebevoll und zärtlich. Tust du das?<<

>>Ja, ich tue es, wenn du es willst.<<

Sie wollte sich schon zu Nadine bücken, als er sie noch mal zu sich heranzog: >>Amanda<<, er schaute ihr in die Augen. >>Und ich werde sie nachher fragen, ob es gut war.<< Er machte eine Pause und schaute ihr wieder in die Augen: >>Und wenn es nicht gut war, dann werde ich dich bestrafen.<< Sie zuckte zusammen. >>Also bemühe dich, ich will stolz auf dich sein können.<<

\*

Das Telefon klingelte. Irgendwo lag der Hörer, den Amanda nach dem letzten Telefonat hatte liegen lassen. Sie ging dem Geräusch nach und fand ihn auf dem Sofa unter den Zeitungen, die sie gelesen hatte.

>>Amanda, ich will, dass du zum Parkplatz vor dem Mäuseturm fährst, dich dort deiner Kleidung entledigst, die Augenbinde anlegst und den Umhang anziehst und dann dort wartest.<<, sagte Adrian am anderen Leitung.

>>Okay, wann soll ich fahren.<<
>>Ich will, dass du gleich losfährst, sofort.<<

Sie fuhr in den Wald bis sie zur verabredeten Stelle kam und schaute sich um. Niemand war zu sehen. Auf der Bank lag der Umhang und die Augenbinde. Sie zog sich aus und mit jedem Stück, von dem sie sich entledigte überkam sie eine Gänsehaut. Sie fror, obgleich die Temperaturen es nicht zuließen.

Sie legte ihre Kleidung geordnet auf die Bank. Sie umhüllte sich mit dem Umhang, nahm die Augenbinde und legte sie sich um den Kopf. Sie stand da, Stille umgab sie. Hier und da war ein Rascheln zu hören, die Vögel sprachen miteinander. Sie hörte ein Knacksen aus dem Wald, sie zuckte zusammen.

Sie blieb ruhig stehen, wartete was kommen würde. Die Zeit verging, unendliche Zeit in ihrer einsamen Verlorenheit, in ihrem Ausgeliefertsein. Die Geräusche des Waldes nahmen ihre Sinne ein. So geöffnet stand sie da, wusste nicht was Adrian mit ihr vorhatte.

Wie abgeschnitten war ihr Gefühl und immer wieder überkam sie ein Schauer der Angst vor Entdeckung. Nicht ahnend was passieren würde, verharrte sie

dort, ihre Wahrnehmung wurde immer sensitiver, immer durchlässiger war ihr Schutz.
So innehaltend, starr, blieb sie etliche Zeit. Dann vernahm sie Schritte.
>>Adrian, bist du das?<<, wollte sie wissen.
Kein Ton, kein Antworten. Sie fühlte wieder die Angst in sich aufsteigen, gepaart mit Lust. Hoffte, dass es Adrian sei. Der Unerkannte öffnete den Umhang, legte ihn ihr über den Rücken.
Sie spürte einen Lufthauch, dann Berührungen auf ihrer Haut. Es musste eine Feder sein. Ganz sanft nahm sie ein Kitzeln war.
Dann spürte sie ein Stechen auf ihrer Haut, es fühlte sich an, als seien tausend Ameisen auf ihrem Körper, die sie bissen.
>>Au<<, stieß sie spitz hervor.
Sie ließ es über sich ergehen, harrte weiter aus. Dann fühlte sie wieder dieses Streicheln. Erregung machte sich breit. Sie fröstelte und zitterte leise vor sich hin. Er streichelte ihren Kieferknochen. Ganz sanft, ganz langsam und sie fühlte wie er sich näherte.
>>Adrian, bist du das?<<, fragte sie wieder.
Auch diesmal kam keine Antwort.
Dann spürte sie etwas Weiches auf ihrer Haut. Es fühlte sich an, als ob Seide ihre Haut streifte und streichelte.
Nun fühlte sie die Hände an ihrer Öffnung, fühlte wie die Finger in sie eindrangen. Sie war so nass vor Erregung. Sie wurde auf die Bank gedrückt. Ihre Beine wurden ihr auseinander geschoben, dann spürte sie die Zunge auf ihrer Mita. Sie wusste, nur Adrian konnte sie so lecken. Es gab kein Entrinnen, sie gab sich hin, atmete schwer und laut. Fühlte, wie der Orgasmus sich näherte, wie sie kurz davor war.

Dann hörte er auf. Sie spürte wieder das Stechen auf der Haut. Wie Nadelstiche. Dann spürte sie wieder die Feder auf ihrer Haut. Immer wieder wurde sie so penetriert. Ein Wechselspiel, dem sie sich hingab. Schließlich spürte sie wieder die Zunge zwischen ihren Beinen. Sie ließ es geschehen und wer auch immer es war, er brachte sie zum Orgasmus.
Er ließ sie ruhen. Sie hörte wie sich Schritte entfernten. Und irgendwann, nach ewiger Zeit, klingelte ihr Handy. Sie wurde zurückgeholt in die Wirklichkeit.
Sie nahm sich die Augenbinde ab und ging an das Telefon.
>>Und Amanda? War es schön?<<, fragte Adrian.
>>Es war besonders.<<
>>Ja, es war besonders. Ich danke dir für das Vertrauen.<<

\*

Sie verbrachten einige Zeit miteinander. Schliefen beieinander. Aber wenn sie nachts im Schlaf an ihn rücken wollte schob er sie weg.
>>Ich kann das nicht haben>>, war alles, was er dazu sagte.
Es verletzte sie. Überhaupt, er war nicht so wie sie ihn sich gewünscht hätte. Sie wollte Nähe, wollte Vertrauen, aber er gab ihr dies nicht, er hielt sie auf Distanz.
>>Weißt du, Amanda, wenn ich eine Beziehung haben wollte, dann könnte ich sie haben, dann hätte ich das schon länger leben können. Ich habe mich von Daniela getrennt, weil sie eine Beziehung mit mir haben wollte, ich aber nicht. Damals nicht und auch jetzt will ich das nicht. Das kommt für mich nicht in

Frage. Es gibt noch so vieles, was ich erleben will, und ich kann das nicht mit einer Person allein. Das hat nichts mit dir zu tun.<<

>>Aber warum, ist es für dich mit mir nicht etwas Besonderes? Wir kennen uns doch schon ewig. Unsere Lust aufeinander währt jetzt schon so lange.<< Sie hätte sich die Antwort selbst geben können.

>>Nein, ich hatte auch schon immer Lust auf andere Frauen, daran wird sich auch in Zukunft nichts ändern. Außerdem will ich auch irgendwann wieder devot spielen, und das kann ich mit dir nicht tun, das würde in unser Verhältnis nicht passen.<<
Es war wie ein Schlag ins Gesicht.

>>Aber mit deiner Frau hast du doch in einer Beziehung gelebt?<<

>>Das war zu einer anderen Zeit, da war ich jung und es hat sich so ergeben, aber ich war nicht zufrieden. Ich wollte immer S/M leben. Sie hat da nicht mitgemacht. Eine Beziehung ohne das wäre für mich nicht denkbar, aber ich möchte einfach keine Verantwortung für jemanden übernehmen.<<, er machte eine Pause. >>Schau Amanda, du bist eine selbstständige Frau, das schätze ich auch an dir. Das, was wir haben, ist wirklich nett, aber mich langweilen Dinge, die immer wiederkehren.<<

*

Michael war in all den Jahren, in denen sie Adrian nicht gesehen hatte ein guter Freund und Begleiter gewesen, hatte sie unterstützt, als sie sich aus ihrer langjährigen Ehe befreit hatte. Er war ihr Seelenbalsam, er war der Halt im Sturm, hatte versucht sie zu umgarnen.

>>Michael, mit Adrian ist alles so schrecklich. Ich habe gedacht, wir kommen zusammen. Ich war mir da so sicher, ich dachte, wir haben uns gefunden. Wie kann das denn sein, dass ich mich so getäuscht habe, ich hätte alles für ihn gemacht.<<

>>Das ist wahrscheinlich der Fehler, Adrian wird die gleiche Herausforderung wie früher suchen.<<

>>Weißt du, er hat sich so verändert, er ist nicht mehr der Mann, den ich in der Oberstufe so bewunderte. Ich glaube, er liest nicht mehr, er beschäftigt sich nur noch mit S/M.<<

>>Bei dem ist das Wurzelchakra gestört, bei ihm spielt sich alles nur noch unten ab, solche Menschen wie er können sich wohl nur über das Spiel, wie ihr so schön sagt, definieren. Wahrscheinlich ist da kein Platz für mehr.<<

>>Nein, das ist nicht so, ich kenne so viele Paare, die das verbinden, die eine ganz normale Beziehung leben und trotzdem auch S/M in ihr Leben integrieren.<<

>>Ja, aber willst du so polygam leben, wie Adrian es will?<<

>>Nein, das wusste ich ja nicht, sonst hätte ich mich nicht auf ihn eingelassen. Das kannst du mir glauben. Ich dachte einfach, wir werden den Weg zusammen gehen.<<

>>Aber er hat dir doch schon ziemlich schnell gesagt, dass er auch weiter seine Kontakte und Erfahrungen jeglicher Art mit anderen Spielpartnern machen will.<<

>>Aber ich liebe ihn so, ich liebe ihn ja sogar noch mehr, als früher, das, was ich erlebt habe, das kann ich doch nicht einfach negieren.<<

>>Amanda, überleg dir gut, ob es das ist, was du

willst. Ich kann nur sagen, pass auf dich auf, es wird dir auf Dauer zu sehr wehtun.<<
Sie wusste, er hatte Recht, aber es zog ihr den Boden unter den Füßen weg. Hinzu kam, dass Adrians Frau von den Staaten nach Deutschland zurückkehrte und Adrian viel Zeit mit seinem Sohn verbrachte, wobei er sie immer weniger integrierte.

Was war es, was sie an ihm reizte? War es die Unzulänglichkeit seinerseits, sich an sie binden zu wollen? War er denn überhaupt im Stande, außer seinen eigenen unentwickelten Bedürfnissen auch das Gegenüber wahrzunehmen? Zu schauen, ob er dem anderen gut tat, und wenn nicht, ob er die Bedürfnisse des anderen erfüllen und ihm eine Freude machen konnte. War sie zu anspruchsvoll?
`Nein`, gab sie sich zur Antwort.
`Er war vielleicht einfach nicht in der Lage mir das zu geben, was er wirklich wollte: Auch eine Vereinigung auf intellektueller Ebene.` Er blickte nicht über den Tellerrand hinaus, sah nur seine kleine Welt, sah nur, wie er sie würde vögeln und bespielen können. Aber wo war die Liebe bei ihrem Liebesakt, die Vertrautheit während des Kuschelns. Sie war austauschbar, weil er nicht ihr wahres Ich erkannte und ihre Fassetten nicht schätzen konnte. Aber dies war gerade das, was sie ausmachte. Und er der Macho, der sie nahm, wann immer er es wollte. War er überhaupt der Überlegene in dieser Beziehung? Oder war er nicht vielmehr der Verkrüppelte nach seinen bisher gemachten Erfahrungen. Oder war er noch nie wirklich nah, nie wirklich Kopf, nie wirklich Seele, nie wirklich Intellekt. War er der, der nur wiedergab, was er gelesen; aber konnte er sein Wiedergegebenes mit Seele füllen?

Wie sehr hätte sie sich gefreut, hätte er versucht zu verstehen, sie zu begreifen, sie zu fördern. `Ich habe mich nur beschnitten, mich kasteit. Ich war bei der einen Beziehung zu sehr Ratio, bei der anderen nur auf den Körper reduziert.`, dachte sie. Und dann, dann erzählte die Freundin, er sagte, du hast einen schönen und einen klugen Kopf. Oh, wie sehr konnte ich verstehen, wie er ihr geschmeichelt hat mit diesen Worten. `Und ich, hat man mich immer nur verkannt? Nein, der eine war nur überfordert, der hat auf seine Weise darauf reagiert, hat sich dann ein Weibchen genommen, das sich viel schneller in sein Schicksal fügte, ohne zu erkennen, das es sein eigenes Ich damit begraben würde. Und ich? Hatte ich mich auch begraben?`, dachte sie. Nein, sie hatte sich schizophrenerweise so verhalten, wie sie es bei anderen nicht verstanden und gutgeheißen hätte. Und sollte es dabei bleiben, sollte sie ihr Leben mit einem Menschen teilen, der das Beste in ihr nicht sah?

Hatte er sich auf das Meisterhandwerk nur konzentriert, weil er alles andere nicht mehr verstand? Wo war der Mann geblieben, den sie ob seiner Bildung so geschätzt und bewundert hatte?

Aber seine unerfüllte Ehe hatte ihn diesen Weg gehen lassen. Oder war sein Weg schon immer dieser, damit er nichts von sich geben musste? Er war doch ein kleiner armseliger Wurm, der nur über die Machtausübung Stärke über die Frauen bekam, die sein verkümmertes Sein nicht in der Lage war zu kompensieren.

Sie dachte an Michael, an dem sie damals, als sie noch zur Schule ging, so wenig Wohlgefallen fand. Und heutzutage? War er nicht bestückt mit Herzenswärme, mit Charisma, von dem sie sich

wünschte, Adrian würde darüber verfügen.
Wenn er von seinem Sohn erzählte, den er als Geschenk des Kosmos an ihn empfand. Dieses Sonnenkind, das auf der Erde war, um ihn weiterleben zu lassen. Durch ihn hatte er sich entdeckt, wurde sein ureigenes Ich zum Klingen gebracht. Ihm würde er die Welt erklären, ihm helfen, sie zu verstehen und einen Rahmen vorgeben, den er ihm eines Tages begreifbar machen müsste. Ihm würde er eines Tages die Grenzen aufzeigen, die er würde vertreten können.

\*

Tagelang konnte Amanda Adrian nicht erreichen. Sie war aufgewühlt, durcheinander. Sie kannte seine Spiele, wusste aber nicht, was dies nun wieder zu bedeuten hatte. Ihre SMS-Nachrichten blieben unbeantwortet, auch auf ihre Anrufe reagierte er nicht.
Samstags war eine Party in der Burg. Sie überlegte zunächst hinzugehen, hätte sicher genug Bekannte getroffen, aber letztendlich entschied sie sich doch anders.
Es war gut, dass sie nicht ging. Adrian war dort, mit einer anderen Frau. Sabine hatte er über das Internet kennen gelernt. Lange schon hatte sie ein Auge auf ihn geworfen, hatte ihn kontaktiert. Sie wollte mit ihm spielen, wollte mit ihm beide Seiten erleben. Und auch Adrian wollte dies, versuchte eine Distanz zu Amanda aufzubauen, sich ihr zu entziehen, denn sie war ihm nach seinem Geschmack viel zu nahe gekommen. So wollte er nicht mehr leben. Er hatte eine lange Beziehung hinter sich, in der er nicht glücklich gewesen war. Allein wegen des Kindes

hatte er versucht diese Beziehung aufrecht zu erhalten, hatte versucht seine sexuellen Bedürfnisse zu unterdrücken, obgleich er sie immer leben wollte. Hatte sie außerhalb gelebt, hatte seine dominante Art mit Frauen ausgelebt, die sich nicht an ihn binden wollten, hatte sich bewusst solche ausgesucht, die in einer festen Beziehung waren, die keine Ansprüche an ihn stellen wollten. Dies hatte er immer abgeklärt. Das ein oder andere Mal war eine Frau dennoch emotional verstrickt. Aber er sagte ihnen, sobald sie anfingen mehr zu empfinden, dass er das nicht wolle und brach den Kontakt ab.

Und mit Amanda? Amanda hatte er sich gewünscht, er hatte sie sich mehr gewünscht, als er zuzugeben bereit war. Aber es durfte nicht sein. Er hatte sich vorgenommen nie mehr etwas aufzubauen, was in Richtung Beziehung hätte gehen können. Er liebte seine Freiheit viel zu sehr und er brauchte die Luft zu atmen, wollte sich jeden Tag neu entscheiden, mit wem er seine Zeit verbringen würde. Nein, er konnte es nicht zulassen, vor allem deshalb nicht, weil er schon ein wenig von sich preisgegeben, ihr seine Liebe gestanden hatte. Nein, er liebte sie nicht wirklich, es war nur ein Geplänkel, ein Versehen, ein Ausrutscher, den es zu korrigieren galt. Sie würde schon merken, dass er nicht der Mann war, auf den man sich verlassen würde. Er nicht, nicht für sie, er würde es ihr schon begreiflich machen. Und jetzt die Bombardierungen per SMS, die dauernden Anrufe von ihr. Er würde ihr wehtun, er würde sie in die Grenzen verweisen.

Adrian genoss den Auftritt mit Sabine. Sie war ganz in rot gekleidet, mit einem wunderschönen Mieder, mit einem Rock, vorne kurz, hinten lag, aus dem gleichen Stoff. Sie hatte eine wespenhafte Taille. Und ihre Beine in den Nylons und den passenden roten Schuhe. Sie sah einfach gnadenlos schön und verführerisch aus. Er hatte sie abgeholt, hatte seine Gerte in der Hand, als er vor der Haustür auf sie wartete. Sie kam nach unten, gab ihm einen Kuss auf die Wange und sagte:

>>Gib mir die Gerte, ich bin heute der Dom.<<
Sie lächelte und nahm ihm dann die Gerte aus der Hand.
>>Fährst du oder ich?<<, wollte er wissen.
>>Du darfst mich gerne fahren.<<, meinte Sabine.

*

Amanda wusste, so konnte es nicht weitergehen. Voller Schmerz und Traurigkeit sagte sie Adrian, dass sie sich zwei Wochen zurückziehen wolle, um Klarheit für sich zu bekommen. Sie hatte sich vorgenommen ihre Gedanken in einem `Tagebuch der Trennung` niederzuschreiben:

*1. Tag*

*Ich schaue aus dem Fenster: "Schatten im Blick, dein Lachen ist gemalt, deine Gedanken sind nicht mehr bei mir, streichelst mich mechanisch, völlig steril, eiskalte Hand - mir graut vor dir. Fühl mich leer und verbraucht, alles tut weh, hab Flugzeuge in meinem Bauch...", singt Herbert Grönemeyer dieses Lied in meinem Kopf seit Wochen.*
*Ich fühle - denke - fühle - denke, denke daran, wie es war, wie es jetzt ist. Ich habe dich nicht an allem*

*teilhaben lassen, wollte es auch nicht mehr. Ich ging in eine andere Welt. Durch dich ging ich in eine andere Welt. Sie faszinierte mich - sie fasziniert mich noch immer. Ein Schmerz von außen, von jemand, der es gut mit mir meint. Wie soll ich weiterleben? Der Kokon, der weggesponnen ist, den du weg gesponnen hast. Mein Wunsch nach Hingabe, nach absoluter Hingabe, ist stärker denn je. Ich will da sein für jemanden, mich hingeben an jemanden, der mich auffängt, der mich hält mit seinen starken Armen. Den die Wollust, die ich habe, beflügelt, statt ihm die Luft zum Atmen nimmt.*
*Strömen, miteinander strömen, im dissonanten Gleichklang sein. Duette miteinander singen, Arien miteinander trällern, als wären sie aus einem Mund. Zwei Töne, die zu einem Ton verschmelzen.*
*Weichen stellen, den Weg wählen, ihn gehen mit allen Konsequenzen. Fortan keine schalen Kompromisse machen. Ich will kein Leben teilen und trotzdem außen vor sein. Ich will in das Leben des anderen hinein. Will es mit ihm leben, es aushalten, wenn es schön wird. "Ganz oder gar nicht. Jetzt oder nie mehr." Grönemeyer sagt es, ich denke und fühle es. Schwarz oder weiß, die Grautöne muss ein anderer beisteuern.*
*Ich hatte viel, ich hatte nichts.*

*2. Tag*

*Der Sound tönt, der Bass pocht, mein Körper bewegt sich zu dem Rhythmus, den wir kennen. Ein Kind tanzt auf der Bühne, klein wie dein Kind, fremd wie dein Kind. Gepiercte Frauen kreuzen meinen Weg - eine Nachfolgerin? - gut möglich.*

*Das Kind treibt mir Tränen in die Augen - die Frau ist mir egal - sie kommt sowieso.*
*Es ist wie Entlösung, Erlösung von dir, die den Faden zu dir abschneidet.*
*Schmerz, Wehmut - es geht vorbei. Immer zu wissen nicht gut genug, nicht jung genug zu sein, dass es weitergeht, mit dir weitergeht, geht mir so an die Substanz, dass ich einfach keine Lust mehr habe darüber nachzudenken.*
*Alter ist unwichtig, wenn man liebt, aber hier liebte nur ich, auch wenn du es einmal in einem Anflug von Geilheit gesagt hast.*
*Bist du es noch wert, dass ich die Seelenqualen ertragen sollte?*
*Es war einmal ein Wochenende, an dem ich dachte, jetzt ist alles normal und wunderschön, doch du sagtest, so würde dir das nicht gefallen.*
*Wie viel Masochismus soll ich noch aufbringen?*
*Es tut so weh, aber wir haben keinen gemeinsamen Weg!*
*Ich weiß, bald wirst du wieder eine andere vögeln, wenn du es nicht schon getan hast und mich vergessen, wie ich dich versuche zu vergessen. Wird es mir gelingen?*


*3. Tag*

*Sitze im Richterzimmer, denke an dich. In der vergangenen Zeit waren meine Gedanken immer bei dir. Dein Geruch, deine Augen, dein Mund, deine Zähne, deine wunderschönen Lippen - Alles an dir liebte ich. Deine Küsse, deine Umarmungen. Nichts liebte ich je mehr, werde ich irgendetwas wieder so wollen, es so begehren wie dich?*

*Habe noch nie so oft gelogen, aber was soll ich auf die Fragen antworten, wie es mir geht.*
*Ich sehne mich so nach dir und der schönen Zeit, die wir hatten, bin glücklos, dass ich es mit dir nicht leben darf.*
*Hoffend auf dein Wollen. Es ist spannend herauszufinden, ob ich stark genug bin, ohne dich leben zu können, oder dich so im Abstand zu genießen, dass es nur Bereicherung ist. Vielleicht hast du dich bereits völlig von mir abgewendet, bist zu neuen Ufern unterwegs, gibst nun all das, was du nicht bereit warst mir zu geben...*

*Die Zeit wird es zeigen, es kommt nun wie es kommen muss.*


*4. Tag*

*Deine Zärtlichkeit fehlt mir so sehr, deine Sanftheit, die Innigkeit, die ich mit dir erleben durfte. Ich dachte immer, es wäre der Sex, der nie wieder so wäre wie mit dir. Es ist vielmehr die Nähe zu dir, die mich so glücklich machte.*


*5.Tag*

*Hörst du nicht den Ruf nach dir? Hörst du nicht, wie mein Herz nach dir schreit? Dein Herz, mein Herz - verstehen sie einander nicht?*
*Das ist eine harte Probe, es ist ein Versuch, vielleicht sollten wir abbrechen, wieder reden, Freunde sein. Und dann? Die Vorstellung an die andere, die kommen wird, die irgendwann kommen wird, mit der*

*dann auf einmal alles geht, macht mich verrückt.*


6. Tag

*Du hast mich nicht in dein Leben genommen, hast mich außen vor gelassen, wie Gretel, die vor dem Lebkuchenhaus stand und nichts bekam von den Leckerein, die vor ihr waren.*
*Ich sollte Hausbesetzer werden, in dem Fall hätte ich das ganze Haus für mich. Aber eine Tür, die mir verschlossen ist, öffne ich nicht gewaltsam.*

7. Tag

*pain*

8. Tag

*Ich beneide deine Frau, die mit dir leben durfte, in deiner Nähe sein durfte.*
*Nachts neben dir schlafen, deinen Atem spüren, deinen Geruch atmen durfte.*
*Wie weh tut es mir, wenn ich mir vorstelle, dass sie dich verlassen hat und dich doch in Wirklichkeit so gewollt hat wie ich.*


9. Tag

*Komisch, nach all der Zeit habe ich immer noch Herzklopfen, wenn ich daran denke, dass du dich meldest.*

*Für mich warst du immer etwas Besonderes.*
*Ich habe in dir mehr gesehen als andere und das machte dich für mich zu einem besonderen Menschen.*
*Chancen bei anderen hätte ich im Moment genug. Würde das länger als drei Wochen halten. Meine Liebe für dich war für die Ewigkeit gemacht, hättest du mich nicht aus dem Himmel gestoßen.*


*10. Tag*

*Habe heute Nacht von dir geträumt. Selbst nachts bist du noch da. Habe geträumt, dass wir die Absprache, keinen Kontakt zu haben, gebrochen hätten. Das wir wieder zusammen wären. War es anders als sonst? Ich glaube kaum, wenn ich dir fehlen würde, dann würdest du anders reagieren, würdest um mich kämpfen. Du bist so ambivalent, auf nichts kann man sich bei dir verlassen, außer, dass man sich auf dich nicht verlassen kann. Bin ich da, kannst du mich nicht ertragen, will ich weg, soll ich da bleiben. Dein Schizogehabe macht mich krank. Ständig auf der Lauer wie eine wilde Katze, unberechenbar. Die Katze habe ich gezähmt, du bist mir zu wild.*


*11. Tag*

*Ich weiß genau: unsere Zeit ist vorbei - es tut weh, schweinisch weh. Und dann schütze ich mich, denke wie ein Blitz, dass du sagtest: ich war ehrlich mit dir, ich will keine Beziehung.*
*Ganz oder gar nicht - schwarz oder weiß - es geht nicht mehr.*

*Unsere Zeit der indifferenten Beziehung hat sich überholt. Bist selbst daran schuld.*
*Leiden tue letztlich nur ich. Gute Zeit für dich.*

\*

Alles wiederholte sich, alle Gedanken, die sich um Adrian drehten, kreisten immer und immer wieder wie ein Flugzeug, das keine Ladeerlaubnis bekam. Obgleich sie weiter in ihr Tagebuch schreiben wollte, entschloss sie sich es abzubrechen. Auch wenn sie noch so viel zu sagen gehabt hätte. Sie wollte versuchen den nötigen Abstand zu ihm zu bekommen, denn es war vorbei und sie wusste es. Adrian würde sich nicht mehr so auf sie einlassen, wie sie es wollte. Sie war ihm zu nahe, und das war etwas, was er nicht mehr tolerieren würde. Adrian wusste es und Amanda wusste es. Einzig die Trauer war ihr ständiger Begleiter.
Als die zwei Wochen vorbei waren, schickte sie ihm ein paar zu Papier gebrachte Gedanken:

*Worte gesagt*
*Gesten vollführt*
*Taten vollbracht*
*Missachtung gesät*
*Zwietracht geerntet*
*Eingesponnen*
*in einen Kokon*
*des Schutzes*
*gegen die*
*Verwundung*
*deiner Verletzungen*

*Verlassen*
*allein gelassen*
*Stille*
*Trauer*
*der*
*Wehmut*
*die kam als du*
*gingst*


\*

Endlich war der Tag, an dem sie sich wieder hören wollten. Sie rief ihn an.
Er wollte, dass sie ihm als Liebesbeweis Kokain besorgen sollte: Sie wusste, dass sie es würde tun müssen, sie hatte es ihm versprochen, sie musste es irgendwie beschaffen bis er wieder zurück war. Sie musste es tun, dessen war sie sich klar, sie würde Angst haben ihm zu sagen, dass sie es nicht hatte, denn er würde sie sicher bestrafen, falls sie versagte. Für ihn wäre sie dann das böse Mädchen, das ihm nicht artig gedient hatte. Ständig überkam sie die Angst. Das Kokain zu beschaffen, war ihr viel zu gefährlich. Sie besorgte es nicht. Abends kam er wie verabredet zu ihr.
>>Du bist ein böses Mädchen.<< Er zog sie an den Haaren. >>Ich habe dich nur einmal um etwas gebeten und du erfüllst mir diesen simplen Wunsch nicht.<<
>>Aber ich kann mir das nicht leisten, ich kenne niemanden, der das nimmt. Woher hätte ich es denn bekommen sollen, ich kann doch meine Zukunft wegen so etwas nicht aufs Spiel setzen. Das, was wir hier machen, wie wir leben ist ohnehin schon zu

gefährlich, wenn mich jemand sieht, wenn mich jemand dabei erwischen würde. Wie soll dann mein Leben weitergehen?<<

>>Weißt du, Amanda, ich müsste dich jetzt eigentlich bestrafen. Aber ich habe heute keine Lust mit dir zusammen zu sein. Ich gehe jetzt. Rufe mich nicht an! Ich melde mich bei dir!<<

\*

In der Vergangenheit hatte er Amanda grün und blau geschlagen. Seine Stimme, seine Befehle hatten bei ihr pure Lust ausgelöst. Doch nun wollte sie nicht mehr, wollte ihn ebenso klein machen wie er sie. "Ein guter Meister war auch immer ein guter Sklave", gingen ihr seine Worte durch den Kopf.
Als sie zu ihm nach Hause kam, zog er sie an den Haaren und küsste sie: >>Schlampe, sagst du mir wie du mit einem anderen gefickt hast?<<

>>Weißt du, Adrian, du bist mir langsam zu primitiv, für dich gibt es nur eine Sache, die dich beschäftigt. Und weißt du, es ekelt mich an.<<

\*

Amanda wusste, er wollte das Spiel umdrehen, Diesmal wollte er Sklave sein, sich hingeben, erniedrigen lassen.
Eine Andere würde seine Herrin sein, würde ihm befehlen und er würde ihr dienen.
Sie sah, wie Natascha und Adrian den Raum betraten. Einige Menschen standen zwanglos herum, in einer Ecke vergnügte sich ein Paar. Adrian wusste,

dass er sich auf das Spiel einlassen wollte, auch wenn es ihm andererseits widerstrebte.

>>Zieh dich aus und warte in angemessener Haltung auf mich.<<

Natascha ging aus dem Raum. Er verharrte, war unsicher, wie lange würde sie wegbleiben würde.

Langsam kleidete er sich aus, legte seine Kleidung auf eine Bank. Dann stand er da, ganz klein, und sein Kopfkino fing an zu laufen. Er kniete sich nieder.

`Was sie wohl mit mir vorhat`, fragte er sich.

Es war ein besonderes Gefühl.

Schon kam sie zurück und er schaute sie erwartungsvoll an.

>>Ist das die Demut, die ich von dir verlangt habe. Wirst du wohl den Kopf senken!<<

Er tat beschämt, was sie sagte.

Sie ging kurz weg und ließ ihn allein. Als sie zurückkam sagte sie: >>So, und jetzt begrüße mich anständig. Küsse meine Füße.<<

Sie stellte den bestiefelten Fuß vor ihn hin. Er bückte sich, wollte es richtig machen, küsste ihn, wenn auch widerstrebend. Ein unbekannter Reiz war das, was passierte.

Sie lief um ihn herum, kniff in seine Brustwarzen, kratzte über seinen Rücken.

>>Gut machst du das.<<, lobte sie ihn.

Sie streichelte ihm über den Kopf, machte ihn weich und ließ ihn ihre Macht spüren.

Sie band ihm ein Halsband um und zog ihn mit der Leine zum Andreaskreuz.

Das Spiel hatte begonnen.

Sie nahm seine Hände und fesselte sie nach oben, dann waren seine Beine an der Reihe.

Er zögerte kurz, man spürte zunächst seinen Widerstand. Dann hatte sie ihn da, wo sie wollte.

>>Verabschiedet euch von Master Decus, begrüßt meinen neuen Sklaven Adrian.<<, sagte sie, während sie in die Runde der Zuschauer blickte.
Sie ging hinter ihn, streichelte über seinen Rücken, presste ihre Brust an ihn.
>>Du hast ja einen schönen, großen Wol, er ist ja schon ganz hart, macht es dich so scharf, wenn du dich so ergibst?<<
Er antwortete nicht. Sie nahm die Gerte und schlug auf ihn ein. Er zuckte unter ihren Schlägen zusammen.
>>Willst du mir nicht antworten?<<
Da er nichts sagte, schlug sie weiter. Schließlich hörte sie ein>>Ja.<<
>>Was hast du gesagt?<<
Sie schlug.
>>Es macht mich scharf.<<
Erneuter Schlag. >>Was?<<
>>Es macht mich scharf dein Sklave zu sein.<<
>>Lauter! Wir wollen es alle hören!<<
Wieder schlug sie auf seinen Rücken.
>>Es macht mich scharf dein Sklave zu sein.<<, schrie er in den Raum.
Sie schlug ihn weiter so fest sie konnte; er weinte und winselte, als würde all sein Leid aus ihm herausbrechen.
Endlich ging sie von ihm weg, betrachtete, wie er vom Andreaskreuz gelöst in die Knie ging. Er kauerte auf dem Boden, immer noch schluchzend. Völlig fertig.
Sie ging zu ihm zurück, kniete sich neben ihn und streichelte sein Haar: >>Es ist alles gut, pssst, alles ist gut.<<
Tränen liefen ihm über die Wangen und er klammerte sich an sie: >>Ich bin doch gar nicht so ein schlim-

mer Junge.<<

Amanda sah versteinert zu, wusste nicht, wie ihr geschah. Adrian hatte sich tatsächlich auf das Spiel mit ihr eingelassen, hatte sich die Kontrolle aus den Händen nehmen lassen.
Es tat so weh zuzusehen, wie eine andere ihm das geben konnte, wozu sie selbst niemals in der Lage gewesen wäre. Sie wusste, wenn er jetzt Blut geleckt hatte, wäre er für sie verloren.
>>Willst du mit mir spielen?<<, hörte sie eine Stimme neben sich.
Simon stand neben ihr und schaute sie an. Mit ihm spielen. Eine gute Idee, genau das wäre jetzt das Richtige für sie. Den Schmerz nach außen holen. Außerdem hatte sie wohl gerade ihren Dom endgültig verloren, an diese andere Frau.
Sie schaute Simon an: >>Ja, ich will mit dir spielen, aber hör auf, wenn ich darum bitte.<<
>>Okay, zieh dich aus, ich will deinen Körper sehen.<<
Sie hatte eine Kombination aus Latex an, die auf ihrer Haut wie eine zweite Haut saß. Sie war völlig nass geschwitzt und es war schwer sich von der Kleidung zu befreien.
Als sie ausgezogen war, bemerkte sie, wie sie fröstelte, wie ausgezogen sie sich fühlte, wie sie die Blicke der anderen in dem halbdunklen Raum spürte.
Simon nahm Amandas Handgelenke und zog sie nach vorne zum Bock.
Er nahm die Handfesseln aus der Kiste, die daneben stand und fesselte die Hände an den Bock. Simon prüfte, ob die Fesseln auch fest genug waren. Zufrieden wandte er sich ihren Beinen zu, umband ihre Fesseln und verband sie mit der Beinstange, die

ihre Beine auseinander brachte.
Dann kam er nach vorne, griff ihr in die Haare und drückte ihr Gesicht nach vorne auf den Bock.
Sie spürte die Hand auf ihrem Hintern. Er schlug darauf. Er schlug solange bis sich ihr Hintern rötete und es brannte. Dann nahm er die Gerte und schlug weiter, griff zwischen ihre Beine und stimulierte sie, rieb sie fast bis zum Orgasmus.
>>Nicht, dass du schon kommst, Amanda!<<, befahl er ihr.
Sie musste sich zurückhalten, sie war kurz davor, wollte sich gehen lassen.
Simon merkte es, zog Amanda an den Haaren:
>>Ich habe dir doch nicht erlaubt zu kommen.<<
>>Ja, ich komme nicht.<<
Simon bestrafte sie, erlaubte ihr nicht zu kommen. Immer wieder, immer fester.
Er schlug sie solange, bis sie atemlos über dem Bock hing. Sie hing in den Fesseln. Die Zeit schien still zu stehen. Die Seele weinte ins Universum, die Haut brannte erbärmlich. All ihr Glück rannte wie aus einer undichten Sanduhr. Dieser Moment, dieser winzige Moment des Glücks mit Adrian war noch so präsent wie der Schmerz, den sie jetzt fühlte, ebenso stark, ebenso tief. Sie ließ sich immer tiefer fallen, immer weiter weg. Hineinmanövriert in die Wirren der Verzweiflung. Decus hatte die Seiten gewechselt, hatte eine Frau gefunden, der er sich hingab. Er, der starke Decus, Adrian, der für sie Inbegriff von Stärke war, gab sich hin an eine andere Frau.
Hundert Mal, Tausend Mal hatte sie sich vorgestellt, wie er mit einer anderen Frau spielen würde, wie ihn die Leidenschaft würde erfüllen.
`Ich spürte, wie er mit seinem harten Stiefel gegen meinen Magen treten wollte. Meine Haut brannte, als

sei sie in Striemen geschnitten.´, dachte Amanda an ihren Traum
´Wem gehörst, wem gehörst du, wem gehörst du...gehörst du...gehörst du?`
>>Adriaaan<<, schrie sie lautlos in den Raum.
Ihr Hals war trocken, ihre Stimme leer. Leer wie der Tod, der kam, als das Leben erwartet wurde.
`Adrian, Adrian, warum, warum, warum?`
Tränen benetzt blieb sie verharrend stehen. Kein Ekel, keine Scham. Nur Verletztheit ihres Herzens, die sie auch außen spürte.
`Ein Verrat an mir, sei es drum, ein Verrat an ihm. Niemals.`
Die Liebe ihres Lebens, die Hingabe ihres Lebens. Wie eine ausgebrannte Hülle stand sie immer noch angebunden, als sie eine Umarmung wahrnahm, eine Umarmung, die sie weiter fallen ließ und Leben in ihren Körper zurückbrachte. Sie fühlte seine sanften Küsse. Sie roch seine Haut, sie fühlte, wie er sie immer und immer wieder streichelte.
>>Amanda<<, sagte er in leiser Stimme. >>Amanda, ich bin es.<<
Laut fing sie nun an zu schluchzen. Weinte erbärmlich...
>>Michael...<<, sie verharrte>>Woher wusstest du?<<, wollte sie wissen. >>Michael, es ist alles so furchtbar.<<
>>Ich weiß, Amanda, ich weiß...<<
Er wusste, er spürte es. Er spürte, dass dieser Abend der Abend der Abende sein würde, dass sie ihn brauchen würde.
Er löste die Handgelenke aus den Fesseln, nahm ihre Hände behutsam in seine und küsste sanft die Tränen von ihrem Gesicht. Ihrem schönen, so zart aussehenden Gesicht.

\*

>>Es wäre so schön einem Mann das zu geben, was ihn glücklich macht, so wie es mich glücklich macht. Ich hätte gerne eine Beziehung, in der ich mich für eine bestimmte Zeit abgebe und mich so hingebe, wie sein Eigentum, weil ich ihm dienen will und nur ihm dienen will. Und wenn er wollen würde, dass ich mich an einen anderen hingebe, dann mache ich das, weil er es will und er es durch mich erleben kann. Und ich wollte mich gut anbieten, ihm darbieten und mit ihm zu den höchsten Genüssen kommen.<<, erklärte Amanda Michael >>Warum habe ich das denn nicht haben können?<<
>>Glaubst du, dass Regen auf einmal nach oben fällt? Amanda, sei doch ehrlich zu dir. Das, was du gemacht hast, war eine neue Erfahrung. Aber dieses S/M ist deshalb so schlecht, weil es hier um Gewaltausübung geht. Von dem, der sie ausübt, über den, der sie empfängt.
Beim S/M ist allein schon die Kleidung, dieses Schwarze, diabolisch. Da wird der Mensch nicht als Mensch akzeptiert. Es wird ständig verletzt, das fängt schon im Kleinen an.
Man muss den Menschen so nehmen wie er ist. Schon den Menschen verändern zu wollen ist ein Stück Gewalt.<<
>>Aber kann es nicht auch sein, dass man einen Menschen, den man verändert, auch optimiert, vielleicht ist es einfach nur die Hilfe den Weg zu finden und ihn zu begleiten.<<
>>Wenn er selbst einen neuen Weg einschlägt, dann kann man, wenn er auf seiner Bahn liegt, unterstützen und helfen. Aber nicht jeder Weg ist richtig, das erkennt man oft nicht.<<

»Ich kann nur sagen, dass die Sache mit Adrian wichtig war, er hat für mich eine neue Tür geöffnet.«

»Wichtig war zu erkennen, was gut ist und die Konsequenzen daraus zu ziehen. Zu schauen, ob man noch selbst authentisch ist. Auch nein zu sagen. Man braucht Klarheit für sich. Im Denken, im Reden und im Handeln.

Wenn ich nein sage, dann meine ich nein, wenn ich ja sage, dann meine ich auch ja.

Ungenaue Aussagen verstehen die meisten Menschen nicht. Weißt du, wenn man den Schutzmantel permanent aktivieren muss, nur dass der andere nicht eindringen kann, weil er die Distanz nicht wahren kann, das ist mir viel zu anstrengend und nicht gut. Du zum Beispiel, wie die meisten Menschen, merkst gar nicht, was da für eine Energie in dich eindringt. Ich kenne eine Frau, die körperlich krank wird, wenn sie ihren Schutzmantel nicht aktiviert, so stark reagiert sie, das habe ich auch schon bei dir bemerkt. Nur du hast das bisher nicht richtig zu deuten gewusst.

Manche Menschen achten nicht auf die Zeichen, die andere ihnen geben, sie gehen einfach darüber hinweg und überhören sie.

Es ist wie mit den Wünschen, auch hier muss der Auftrag präzise gemacht werden. Es ist genauso, wenn du jemand zum Einkaufen schickst, wenn du sagst, bring bitte Brötchen und was für drauf. Der kommt dann mit irgendwelchen Sachen, die man überhaupt nicht essen will. Klar und deutlich muss jeder Wunsch geäußert werden. Ebenso ist das mit den Wünschen an das Universum. Und mein Wunsch ist nicht nur der Wunsch nach dir, sondern der Wunsch nach einer guten und wertvollen Beziehung. Und daran glaube ich.«

>>Und du glaubst, das hilft, dass wir ein Paar werden.<<

>>Das glaube ich ganz stark. Unsere Zeit wird kommen, Adrian hat die Tür für uns geöffnet. Nach dieser Enttäuschung, nach dem ganzen Wirrwarr wird deine Seele etwas anderes suchen, was ihr Erfüllung geben wird. Du wirst es schon noch sehen. Außerdem habe ich dir doch erzählt, wie Michaela wieder zu mir zurückkam!<<

>>Du meinst, weil du ihr dieses rosa Licht geschickt hast?<<, fragte Amanda.

>>Ja. Unter normalen Umständen wäre sie nie wieder zu mir zurückgekommen, dazu hatte ich viel zu viel falsch gemacht. Aber ich habe ihr permanent das Licht geschickt und habe sie so wieder bekommen.<<

>>Aber letztendlich war sie dann doch die Falsche für dich.<<

>>Würde ich so nicht sagen, nur irgendwann haben wir uns einfach verschieden entwickelt.<<

>>Tja, das stimmt. Und bei uns denkst du, dass das passen könnte?<<

>>Ich sehe einfach deine reine Seele und du bist schon immer die Frau, die ich mir wünschte, aber ich war damals noch nicht so weit. Auch du wirst das noch erkennen. Du musstest in diesem Leben Adrian einfach noch mal begegnen.
Schau dir doch mal deinen Traum an. Ich glaube, dass ist eine Erinnerung aus einem früheren Leben mit Decus. Du solltest unbedingt mal eine Rückführung machen, da wird dir bewusst werden, was es zu bedeuten hat. Du musst das Karma mit ihm auflösen. Schau es dir an! Adrian war der Soldat, ich bin mir da fast sicher.<<, erläuterte Michael.
Das gab Amanda zu denken. Es war gar nicht so von

der Hand zu weisen.

>>Und was will mir dieser Traum sagen, was glaubst du?<<

>>Er soll dich wach rütteln, du musst hinsehen, du musst hier in Frieden mit Decus abschließen, du musst dein Karma mit ihm auflösen. Ihr habt hier was zu klären, dessen bin ich mir ganz sicher.
Amanda, nicht umsonst sind wir auf der Erde, wir sind alle auf dem Weg etwas Göttliches anzustreben. Wieder rein zu werden.
Schau, das, was du jetzt gelebt hast, war nicht gut für dich, obwohl es wichtig war, es hat dich auf einen neuen Weg gelenkt. Aber durch Sex mischst du die Aurafelder, deshalb ist es auch wichtig zu achten auf wen du dich einlässt. Jeder Mensch hat eine Aura und durch das Aufnehmen, gerade als Frau, erhältst du auch was von dem Aurafeld des anderen.
Du tauschst Energien aus und ein Teil der Energien bleibt bei dir. Das ist nicht gut, vor allem, wenn die Chemie, wie bei Adrian, nicht stimmt. Es ist wie wenn man Wasser mit Öl mischt, das verbindet sich nicht.<<, erläuterte er. >>Manche Menschen haben auch schwarze Löcher.<<

>>Was sind denn schwarze Löcher?<<

>>Wie im All, die saugen auf, die saugen einfach Energie ab.<<

\*

Amanda traf sich nun sehr oft mit Michael, sie führten intensive Gespräche, sie dachte zwar immer noch an Adrian, aber sie wurde für sich klar, dass dies eine Episode in ihrem Leben war, die es besser war, nicht mehr leben zu dürfen. Das Spiel war ihr nicht so wichtig, als dass sie es mit jemand leben wollte, den sie nicht liebte und begehrte. Dies hatte sie seit Simon erkannt. Ganz war es nicht aus ihrem Kopf, aber sie nahm es hin, wollte nicht weiter darüber nachdenken.

>>Es ist schön, wenn die Seele sprechen darf, wenn sie sich spüren und entwickeln darf. Wenn man das innere Licht entzünden kann und die Helligkeit das ganze Sein erfüllt. Das ist unsere ureigene Bestimmung.<<, erklärte er Amanda: >>Ganz Licht zu sein. Dieses Licht in dir ist das Urleben in uns Menschen. Ich kann nur noch mal sagen, es ist wunderschön, dass erfahren zu dürfen und sich weiterzuentwickeln.<<

>>Und dieses Licht, wann kommt es?<<

>>Du, mittlerweile habe ich sehr oft diese Lichterfahrungen. Am Anfang, als ich mich mit Spiritualität auseinandergesetzt habe, da wusste ich zwar davon, aber es hat schon eine Weile gedauert. Irgendwann, als ich meditierte, war es da.<<

>>Und wie ist das beim Meditieren, was macht es?<<

>>Beim Meditieren gelangst du auf eine andere Bewusstseinsebene, du löst deinen Geist raus, man kann sich vom Körper lösen und in eine andere Sphäre eintauchen. Beim Meditieren steigt man nach oben, man meditiert mit einem Mantra, oder ich zum Beispiel auf eine Lotusblüte. Es gibt verschiedene Wege, das Ziel zu erreichen. Wichtig ist, sich nach der Meditation wieder richtig zu verankern. Man muss sich wieder erden. Ich habe schon manchmal zu oft meditiert und dabei fast die Bodenhaftung verloren. Das ist gefährlich und passiert mir heute auch nicht mehr. Anker setzen, das ist wichtig, um im Hier weiterleben zu können.<<

\>\>Und wie ist das mit den Chakren?<<

\>\>Beim Meditieren öffne ich die Chakren, um Energie zu holen. Wichtig ist, dass sie sich in die richtige Richtung drehen. Dass sie die richtigen Farben haben.

Es gibt sieben Chakren. Es gibt das Kronenchakra, das Scheitelchakra, es steht für Spiritualität, es ist violett, weiß oder gold. Das Stirnchakra, das dritte Auge, steht für Intuition, ist blau oder violett. Am Kehlkopf ist das Halschakra, das steht für Inspiration und ist hellblau. Das Herzchakra, inmitten des Brustkorbs, steht für Liebe und Harmonie und kann grün, rosa oder gold sein.

Das Solarplexuschakra, ungefähr drei Zentimeter über dem Bauchnabel, ist für Weisheit und ist gelb bis goldgelb. Das Sakralchakra ist circa drei Zentimeter unter dem Bauchnabel, steht für Kreativität und Beziehung und hat eine orange Farbe. Und dann das Wurzelchakra, das ist unten am Steißbein und ist feurig rot und steht für Lebensenergie. Beim Sex dringt der Mann in das Wurzelchakra der Frau ein und es kann dadurch seine Farbe verändern und wird dann oft dunkelrot bis braun.<<

\>\>Eine Freundin von mir sagte mal, ihre Kinder könnten Aura sehen. Glaubst du das? Können Menschen auch die Chakrenfarben sehen, wenn sie Aurafarben sehen können?<<

\>\>Nicht unbedingt. Interessanterweise können Kinder tatsächlich oft noch Aura sehen, sie haben die Fähigkeit dazu.

Ungefähr seit dem Jahr 2000 wurden ganz viele Lichtkinder geboren. Diese Kinder haben kein Karma, also keine Altlasten, die sie bearbeiten müssen. Sie müssen einfach nur ihr jetziges Leben leben, sie wis-

sen nichts von früheren Leben, denn sie haben diese nicht gehabt.
Es gibt einfach zu viele Menschen momentan auf der Erde und es gab keine, schon einmal geborene, Seelen mehr. Das hat zur Folge, dass sich die Erde ganz stark erhebt und die Energie sich konstant erhöht. Aber es sind viel zu viel Menschen auf der Erde. Es wird irgendwann so viele Katastrophen geben, dass es zu einer natürlichen Auslese kommen wird.
Wir Älteren müssen unser Karma noch mühsam bewältigen. Die Kinder des Lichts haben es leichter. Wenn sie Glück haben, kommen sie in ein gutes Leben.<<

>>Und wir, wir müssen das alles bewältigen, das heißt wir müssen so handeln, wie wir handeln, weil uns das Karma es so auferlegt hat?<<

>>Ja, aber das ist die Chance unseres Lebens, wir können in Frieden auflösen, können loslassen in Frieden.
Weißt du, oft begegnen wir Menschen, die wir aus früheren Leben kannten und man muss erst für sich herausfinden, was man will und was nicht. Meist kommt das, was man austeilt, doppelt zurück. Und das hat dann verheerende Konsequenzen.<<

>>Also du meinst, wenn man was tut, was gut ist, kommt es zurück?<<

>>Genau, das eine kommt vom anderen.<<

\*

Die grünen Blätter des Baumes wehten im Wind. Ein braunes Blatt hing vertrocknet am Ast und sah aus wie eine kleine Fledermaus, die sich in der Sonne

aalte.
Amanda zog ihren Mantel zusammen. Michael, der ihr Frösteln bemerkte, nahm sie in den Arm.

»Wir sind gleich da.«, sagte er.

»Ist es das Haus an der Ecke?«, fragte sie, obgleich sie wusste, dass es das Haus sein musste. Es stand dicht vor dem angrenzenden Wald.
Sie betätigten die Klingel. Es hatte etwas von der Atmosphäre einer Rocky Horror Picture Show. Ebenso verschroben war der Bedienstete, der die Tür öffnete.

*»Kommen Sie rein. Alle warten schon auf Sie. Sie sind die Letzten.«, begrüßte er sie.*
*Amanda und Michael folgten ihm zu einem großen Saal. Alle saßen auf dem Boden und Swi Umi saß vorne. Sie schaute sie an und bedeutete ihnen mit einem Blick, dass wir sie sich hinsetzten sollten.*
*Dann fing sie an zu reden.*

*»Ich will euch heute erzählen, was wir am Tag der Befreiung erleben möchten. Wir wollen unsere Seele anrufen bei der Meditation, die wir alle zur gleichen Zeit ausführen werden. Wir wollen alle mit Licht erfüllt sein und mit jedem Atemzug mehr Licht in uns aufzunehmen. Wir wollen dieses Licht und unsere Gegenwart holen und unsere Seele damit verbinden lassen, damit die Liebe und die Göttlichkeit von uns erfasst wird und uns erhellt. Wir werden Ruhe und Gelassenheit erhalten, so strahlend wie die Sonne. Stellt euch die Sonne vor, wie sie strahlt, wie sie um euch strahlt und in euch strahlen wird. Wir werden eine Vereinigung von Erleuchteten sein, so dass es in die ganze Welt strahlt und sie erleuchten lässt. Wir haben eine große Aufgabe vor uns, wir werden die Welt erhellen. Die Menschen werden spüren, dass etwas passiert. Die Lichtmacht wird alle erstrahlen*

*lassen. Wir werden den Frieden, den wir in uns finden werden, weitergeben können, an andere weitergeben können und sie werden merken, dass eine Veränderung in euch und in ihrer Umgebung stattgefunden hat. Der Engel des Friedens wird kommen durch die Kraft des Lichtes, das wir in uns tragen werden. Lasst diese Energie in eure Herzen, lasst eure Herzen klingen und erfahrt das Wort der Ewigkeit. `Ohm´, lasst es in euch läuten, damit es für andere läuten kann und sie erfüllen wird. Unsere Aufgabe ist gewaltig, aber wir sind uns dessen bewusst.*<<

Swi Umi verstummte. Alle saßen ruhig da und schlossen ihre Augen. Wie ein großes `Ohm` spürten sie einen tiefen Frieden. Nichts war wichtig, nicht Zeit, nicht Raum noch Ort. Eine völlige Gelassenheit hatte sie alle gefangen genommen. Hatte sie eine andere Dimension erfahren lassen. Sogar Amanda war in tiefer Stille, war erfüllt von Seligkeit.

*

Amanda hatte sich die Gespräche mit Michael zu Herzen genommen, war neugierig darauf, was der Traum für eine Bewandtnis hatte. Sie wollte der Sache auf den Grund gehen. Es war ihr so wichtig geworden, dass sie einen Termin für eine Rückführung ausgemacht hatte. Nun war sie gespannt, wie es sein würde.
Als sie ankam, empfing sie ein älterer sympathischer Mann, der eine sehr beruhigende Ausstrahlung und Stimme hatte.
Ihr Anliegen hatte sie bereits am Telefon mit Herrn

Schader besprochen und so gingen sie gleich an die Arbeit.

Sie legte sich auf sein Schlafsofa und er brachte sie mit seiner Stimme schnell in eine andere Bewusstseinsstufe.

>>Du bist jetzt in einer anderen Zeit, alles wird ganz klar und deutlich, du siehst den Soldaten, der über dir steht, siehst ihn ganz klar und deutlich vor dir.<<

Er machte eine Pause. Amanda atmete schwer.

>>Wer bist du, wie ist dein Name? Siehst du dich?<<

>>Si, Ja.<<, sagte sie leise >>Si, sono Aurelia Ja, ich bin Aurelia, il mio nome é Aurelia mein Name ist Aurelia.<<, flüsterte sie.

>>Wo bist du?<<

>>In Italia. In Italien.<<

Schemenhaft sah sie seine Silhouette. Sie war mitten in diesem Geschehen. Sie roch diesen trocknen Staub, sie spürte die Hitze der Sonne, spürte ihren geschundenen Körper.

Sie wollte sich aufraffen, spürte, wie kraftlos sie war.

>>No, no, non posso, ich kann nicht, lasciami in pace, lass mich in Ruhe, perchè io warum ich, warum ich.<<

>>Wer ist dieser Mann, erkennst du ihn, wie heißt er?<<

>>Claudio, è Claudio, è mio marito es ist mein Mann, er hat mich als seine Sklavin zur Frau bekommen.<<

>>Und warum ist er so böse, warum behandelt er dich so?<<

>>l´ho tradito. Ich habe ihn betrogen, con Rafael, ich habe ihn mit Rafael betrogen.<<

>>Und, wie hat er es herausgefunden, wie hat er

es herausgefunden?<<

>>Un suo amico ci ha scoperto. Ein Freund von ihm hat uns erwischt und ihn gerufen. Il suo onore è ferito. Seine Ehre ist verletzt.<<
Amanda sah die Bilder, wie er wutentbrannt vor ihr stand, wie er schrie: >>Ich werde euch töten, du wirst es bereuen jemals geboren zu sein!<<
Dann sah sie wieder, wie er vor ihr stand, wie sein Helm leuchtete, wie er sie zuvor an den Haaren zu dem Platz gezogen hatte.

>>Reicht es dir?<<, sie fühlte wie er ihren Kopf nach oben gezogen hatte, fühlte seine Peitschenhiebe auf ihrem Rücken.

>>Non l`ho mai voluto. Ich wollte ihn nie. Ho voluto sempre solo Rafael. ich wollte immer nur Rafael. Ich hätte alles dafür gegeben, hätte ich mit Rafael leben dürfen. Aber ich konnte nicht.<<

>>Wie hat er dich behandelt? War er schlecht zu dir?<<

>>Non lo so. Ich weiß nicht, ich weiß nicht.<<
Sie fühlte den Peitschenhieb auf ihren Rücken.

>>Dimmi perché. Habe ich dir nicht alles gegeben? Dimmi che mi ami, sag mir, dass du mich liebst, dass ich dir vergeben soll!<<, schrie er sie an.

>>Niemals<<, keuchte sie.
Er zog sie nach oben und ließ sie dann mit aller Wucht nach unten fallen.

>>Tut er dir weh? Hast du Schmerzen?<<

>>Ja, non ne posso più. Ich kann nicht mehr, ich kann nicht mehr.<< Sie machte eine Pause. Sie sah, wie Rafael neben sie gelegt wurde mit einem Dolch in seinem Herzen. Claudio schrie sie an:

>>Sag mir, dass du ihn nicht geliebt hast. Aber ich werde meine Liebe zu Rafael nicht verraten, soll er mich doch zu Tode prügeln. Ich kann nicht mehr, ich

kann nicht mehr, es ist so heiß, mir tut alles weh. Wann ist es denn zu Ende? Rafael, Rafael, ich kann ohne ihn nicht leben. Ich will nicht mehr. Wann hört das denn auf?<<
Amanda keuchte vor sich hin, so intensiv erlebte sie den Moment.
>>Aurelia, du schaffst es, du wirst es schaffen. Es wird alles gut. Alles wird gut.<<, sagte Herr Schader.
>>Muoio, muoio. Ich sterbe, ich sterbe...<<
>>Ja, komm, verlasse deine Hülle. Aber bitte Claudio noch um Verzeihung.<<, forderte er sie auf.
>>No, posso. Nein, ich kann nicht, non posso, ich kann nicht.<<
>>Doch Aurelia, du kannst. Du musst, nur so kannst du in Frieden gehen.<<
Sie spürte, jetzt ist das Ende, jetzt ist es aus.
>>Verzeih ihm, Aurelia, verzeih ihm.<<
Mit letzter Stimme sagte sie ihm:
>>Verzeih, verzeih.<<

*

>>Es war einfach unglaublich.<<, erklärte Amanda Michael.
>>Es war so real. Ich hätte nie gedacht, dass so was möglich ist. Meinst du wirklich, das war aus einem früheren Leben?<<
>>Auf jeden Fall, ich hatte dir doch gesagt, dass es aus einem früheren Leben kommen würde und ihr euer Karma auflösen müsst. Ich glaube, es ist dir dadurch gelungen.<<
>>Ja, ich glaube es ist vorbei. Ich habe seit der Rückführung ganz andere Empfindungen Adrian gegenüber. Wenn ich an ihn denke, dann ist jede

Emotion weg.<<

>>Ich freue mich so für dich. Du hast einen gewaltigen Schritt in deiner Entwicklung gemacht! Nicht jeder Mensch bekommt eine solche Chance so einfach geboten.<<

>>Ich habe aber auch von Kindern gehört, die sich in ihrem jetzigen Leben bereits an ganz exakte Ereignisse und Orte aus ihrem früheren Leben erinnern.<<

>>Das ist, meiner Meinung nach, weil ihr Reduktionsfilter nicht funktioniert. Aber ich habe noch keine plausible Erklärung dafür. Bei den Menschen ist die Vergangenheit einfach präsent.<<

>>Aber wenn es doch solch offensichtliche Fälle gibt, dann müssten doch viel mehr Menschen an Wiedergeburt glauben.<<

>>Viele sind einfach noch nicht so weit, nicht jeder will die ganze Dimension unseres Daseins begreifen. Sie wären überfordert. Viele der großen Weltreligionen sprechen zwar von Auferstehung, aber sie lehren nicht das Prinzip der Wiedergeburt und des Karmas. Für die katholische Kirche würde das der Verlust vieler ihrer Anhänger bedeuten. Aber Überlieferungen ließen selbst die frühen Christen noch an Wiedergeburt glauben. Der Mensch hätte für sich und für andere eine viel größere Verantwortung. Wenn die Menschen sich gewahr wären, dass sie wieder und wieder kommen würden, dann müssten sie ganz anders mit ihren Mitmenschen, mit sich selbst und ihrer Umwelt umgehen. Aber die ethische Reinheit in der wir dann leben würden, wäre ein Streben, so gut wie möglich zu handeln.
Es wäre ein fortwährendes Überprüfen von Handlungen. Was habe ich falsch oder richtig gemacht? Wie habe ich mich verhalten. Wem muss

ich verzeihen? Wen um Verzeihung bitten? Wie kann ich den angerichteten Schaden wieder gut machen und wie werde ich in Zukunft anders handeln?<<
>>Es würde selbst vor den Dümmsten nicht Halt machen.
Auch er würde aus dem Verhalten der anderen lernen.<<
>>Ich mag den Begriff dumm nicht. Es gibt eigentlich keine Dummen, sondern nur nicht Wissende.<<

\*

Viel hatte Amanda von Michael über Meditation erfahren. Nun war sie so weit sich darauf einzulassen.
Eigentlich wäre es nahe liegend gewesen mit Michael den Weg zu gehen, aber sie schloss sich einer eigenständigen Gruppe an, die sich ganz individuell zusammengefunden hatte und keine orthodoxen Prinzipien verfolgte. Ihr Lehrer hatte alle göttlichen Meister neben seinem Altar in seinem Wohnzimmer, in dem sich keine Möbel befanden. Er hatte alles verschenkt. Es würde ihn nur belasten. Früher hatte er alles gehabt, aber er hatte sich gerne davon getrennt. Überhaupt war sein Leben ein besonderes. Er hatte einen Job in der Bank, was er aber immer weniger mit seiner Denkweise vereinbaren konnte, und lebte ansonsten sehr asketisch. Alles war in seiner Wohnung immer sehr sauber, sehr rein, darauf legte er auch für sich großen Wert.
Kontakte oder Beziehungen zu Menschen, die sich nicht auf dem spirituellen Weg befanden, hatte er so gut wie keine, nur wenn jemand reiner Seele war, dann konnte er sich mit ihm umgeben. Sie leiteten

ihre Treffen immer mit Gesang ein, zu dem er Harmonium spielte. >>We sing your name, we drink your name and alltogether with your name.<<, sang er mit indischem Akzent. Amanda konnte nicht singen, aber hier stimmte sie immer in voller Glückseligkeit ein, denn hier schien es niemand zu stören.
Dann setzen sie sich bequem hin, um in sich zu gehen und Ruhe zu finden. Sie hatte ihr Mantra bekommen, das sie 108 Mal sagen musste. Die Fingerabschnitte halfen ihr beim Zählen.
Dann sollte sie in völlige Ruhe gehen und eine weiße Lotusblüte in sich sehen.
Es war schwierig, ihre Gedanken schweiften umher, und sie musste sich immer wieder zwingen nur die Lotusblüte zu sehen.
Lange dauerte es bis sie ihr Gefühl ganz darauf konzentrieren konnte. Aber irgendwann gelang es ihr. Das Licht war nicht mehr weit.

# Epilog

Kalt war es. Schon früh zeigte sich der Abend im nahenden Dezember. Amanda prustete, als sie schon Schnee unter ihren Füßen hatte. Sie war spät dran. Michael würde bald nach Hause kommen. Sie hatte schon alles auf dem Herd stehen, musste nur noch kurz fertig kochen. Noch im Mantel ging sie in die Küche.
Amanda beugte sich über sich die Töpfe, roch an ihrem Braten. Herrlich duftete es bereits im ganzen Haus. Amanda kontrollierte den Inhalt der anderen Töpfe. Schaltete die Regler nach unten.
Dann ging sie ins Ankleidezimmer, schaute in den Spiegel, öffnete die Schublade, nahm Kamm und Bürste und fuhr sich durch ihr Haar.
Sie war so glücklich und das obwohl er so liebevoll zu ihr war. Nein, das war gerade das, was sie an ihm so angezogen hatte, das, was sie so fesselte und nurste. Ja, der Blick in den Spiegel zeigte ein sehr zufriedenes, glückliches Gesicht. Jetzt hatte sie endlich das, was sie nicht zu hoffen gewagt hatte. Sie fühlte sich mit ihm wie Ying und Yang, wie Topf mit Deckel, alles war so erfüllt.
Der Liebe zueinander Nahrung geben. Wie ein Wunder, das sie beide geschaffen hatten. Schnell war sie fertig, hatte sich geduscht und umgezogen, ging noch einmal zum Spiegel, um sich zu schminken.
`Le yeux sont faits.`, dachte Amanda. `Niemals würde man die Gerte an ihr gebrauchen sowie sie nicht an jemand anderen.`
`Les yeux sont faits, das Spiel ist aus.`
Laut vernahm man das Öffnen der Tür, hörte die Schritte seines festen Schuhwerks. Er ging dem

Lichtstrahl entgegen, der aus dem Ankleidezimmer kann. Langsam, fast pathetisch, ging er zu dem Raum und blieb im Türrahmen stehen. Schwarz gekleidet in Leder stand er da, so als wäre er nie anders gewesen, so selbstverständlich und so präsent. Sie schaute auf, drehte sich um, ihr Herz blieb fast stehen. Sah sie eine Täuschung? Er hielt in der linken Hand eine Gerte, ging auf sie zu, nahm ihre Haare zum Pferdeschwanz zusammen und zog sie vom Stuhl hoch.

>>Komm, Amanda, wir werden heute miteinander spielen.<<
Les yeux sont faits. Das Spiel ist aus.

"Oh Gott, wie liebe ich diesen Geruch"

Und nicht nur das fasziniert Janine Vogel an dem Dirigenten und Unternehmensberater Philipp Mendel. Kaum begegnet, verstehen die beiden das Wechselspiel aus Wortgefechten und körperlichen Begierden.
Janine wird in eine Welt der Sinnlichkeit entführt. Sie lässt sich ein auf ein Spiel der Leidenschaft und läuft dabei Gefahr, sich selbst zu verlieren.
Doch Laila heißt nicht nur Nacht: In ihrem Liebesroman voller Erotik lässt Ricarda Jo. Eidmann die Protagonistin ebenso in eine philosophische Gedankenwelt eintauchen.

"Sie hat einen knallharten Sex-Roman ohne Tabus geschrieben. Zwischendurch wird über Nietzsche und Platon philosophiert..." - Bild

"Der Sommer wird heiß" - Cosmopolitan

"Sehr lesenswert" – Fritz

"Eine vielseitige Künstlerin" - Offenbach-Post

erschienen im Principal-Verlag
ISBN 3-89969-024-9
€ 10,00

***Ein Hörgenuß erster Klasse***

>> Laila heißt nicht nur Nacht <<
- Das Hörbuch -

RUBIN Verlag Oktober 2007
ISBN 978-3-940608-00-0
€ 22,80